KB014019

지구 밖의 사랑

지구 밖의 사랑

지은이 정보영, 문혜연, 이가인, 이은규, 차성환, 이윤우, 임지훈
펴낸이 임상진
펴낸곳 (주)넥서스

초판 1쇄 인쇄 2023년 3월 2일
초판 1쇄 발행 2023년 3월 10일

출판신고 1992년 4월 3일 제311-2002-2호
10880 경기도 파주시 지목로 5 (신촌동)
Tel (02)330-5500 Fax (02)330-5555

ISBN 979-11-6683-501-8 03810

www.nexusbook.com
&(앤드)는 (주)넥서스의 문학 브랜드입니다.

지구 밖의 사랑

동인
'행성'
앤솔러지
시집

정보영 ♥ 문혜연 ♥ 이가인 ♥ 이은규 ♥ 차성환 ♥ 이윤우 ♥ 임지훈

&

지구 밖의 사랑
카운트다운 1분 30초 전

정보영

혹시 지구의 자전 속도를 아시나요? 지구는 365일 동안 태양을 돌면서 동시에 스스로 돌고 있는데요. 과학에는 문외한이지만 지구는 시속 1,500킬로미터 이상의 속도로 돌고 있다고 합니다. 상상이 가시나요? 지구는 가만히 있는 것 같지만 지금도 어마어마한 속도로 움직이고 있습니다. 눈을 감고 지구를 떠올려 봅니다. 푸른 지구가 어둠 한가운데 덩그러니 떠 있습니다.

동그랗고,
고요합니다.

때로 그런 때가 있습니다. '이 세계에서 나는 외따로 떨어진 존재 같아.' 종종 외로움을 느낄 때가 있습니다. 아무도 나를 이해해 주지 못하는 것 같고 혼자인 것만 같은 때, 가끔 우리는 멈춰 있는 것만 같은 정체감을 느낍니다.

자, 그럼 눈을 감고 떠올려 보세요. 동그랗고, 고요한 지구. 마음속 당신의 지구. 그것은 움직이고 있습니다. 당신이라는 존재는 고립된 게 아닙니다. 지금 이 순간에도 마음속 당신이라는 행성은 시속 1,500킬로미터로 달려가고 있어요. 세계를 향해, 타인을 향해, 달려가고 있어요.

만약 당신이 하나의 행성이라면, 타인도 하나의 행성일 텐데요. 여기, 각자의 방식으로 타인을 향해, 사랑을 향해, 달려가고 있는 여섯 명의 행성이 있어요.

당신은 사랑의 행성에 가 본 적 있나요?

이제 우리는 '눈 내리는 여름'의 시절을 지나 '슈팅스타, 톡톡' 터지는 감각 속에서 '춤을 처음 춰 보는 사람들을 위한' 간이식당이 있는 '차찬텡'까지, 사랑 여행을 시작할 거예요. 그리고 그 마음 안에서 '까맣고 못생긴 작고 슬픈' 것들을 발견하게 될 거예요. 사랑을 배회하는 '위성들 위성들 위성들'을 보게 될 거예요.

사랑.

사랑의 어원은 학설이 분분하지만, 이것만은 분명해요. 사랑할 때 생각한다는 건, 뜻밖의 순간에 그 사람이 생각난다는 거예요. 이때, 생각을 '하는' 것과 생각이 '나는' 것은 엄연히 달라요. 사랑은 내가 능동적으로 생각을 '하는' 게 아니라, 은연 중 그 사람 생각이 '나서', 그 사람을 생각하게 되는 거죠. 마음에도 없는 마음이 생기는 거죠.

그 사람이 생각나게 되는 건, 수학적 증명이 불가능하죠. 아무 때고 갑자기 생각나죠. 그리고 그 사람을 향해 움직이기 시작합니다. 참 신기해요. 사랑은 수동적이면서 동시에 능동적이니까요. 수동성과 능동성의 무한한 진자운동인 사랑은 풀 수 없는 미스터리 중 하나일 거예요.

사랑이 어렵지 않을까?

걱정 마세요. 행성을 여행할 때 행성 히치하이커가 당신의 가이드로 동행할 거예요. 행성에 도착하면, 행성 음악을 감상하며 사랑의 순간을 함께 느껴 봐요. 당신은 여섯 행성을 둘러보면서, 사랑의 모양을 그려 볼 수 있을 거예요.

자, 이제 '지구 밖의 사랑'으로

우주선의 카운트다운 시작합니다.

5

4

3

2

1

사랑하게 될 당신에게.

차례

눈 내리는 여름   1

───

슈팅스타,
똑똑 2

춤을
처음 춰 보는
사람들을 위한 3

차찬텡

4

까맣고
못생긴
작고 슬픈

5

위성들 위성들 위성들　6

★ 일러두기

본 도서는 작가별 원고의 특성을 가능한 한 그대로 살려 편집했습니다.
일부 편집 체제가 통일되지 않을 수 있습니다.

1
눈
내리는
여름

정보영

나는 겨울 쿨톤이다. 여름을 좋아하는 나는 1월에 태어났다. 냉면을 좋아하는 나는 학자금 대출이 좀 있다. 로또 1등에 당첨되고 싶다. 빚을 빨리 청산하고 싶다. 맛있는 걸 마음껏 먹을 수 있음 좋겠다. 나는 가끔 인터넷에서 내 이름을 검색해 본다. 내 이름은 많은데 나는 없다. 내 블로그엔 임시 저장한 포스팅이 꽤 있다. 글을 쓰는 나는 감정에 솔직해지고 싶다. 나는 아무도 밟지 않은 새하얀 눈길을 맨 처음 딛고, 뽀득뽀득 나아가고 싶다. 그럴 것이다. 거짓 없이 나아갈 것이다.

☀ 행성 음악
전진희 <나의 호수>

인스타그램
information_zero0

그립

전시회의 하얀 스크린에
공원이 비쳤다
거기엔 벤치 하나가 덩그러니 놓여 있었고

잎사귀 무성한 나무 그늘의 윤곽선 앞
여름이 넘칠 듯 빛나고 있었다

호수에서는
아름다운 클래식 음악에 맞춰
분수의 물이 날아오르고

나는 공원 벤치에 앉아 있는 것만 같았다

느껴 본 적 없는 하늘 아래

나는 그 여름을 향해
손을 뻗었다

싱싱한 잎을 따서 품에 간직하고 싶은데,
나의 옷깃 아주 깊은 안쪽
이파리가 움트는 것이 생생히 느껴졌다

잎사귀 끝에서 끝으로
뚝뚝 빗방울 떨어지고

나는 내가 점찍어 놓은 곳에
빗방울이 떨어지는 걸 바라보았다
피아노 건반을 누르는 감각처럼

차오르는 초록 잎과 눈 감은 바람과
공명하는 두 개의 그림자

여름 쪽으로 흘러가다가
이미 쥐어 본 적 있는 여름이란 걸 알았을 때
마음에선 나무 냄새가 났다

지면이 젖은 공원에
햇볕이 드리웠다

천장에 달린 프로젝터를 바라보자
눈부신 빛이 쏟아져 나왔다

하얀 스크린에는 한 번도 본 적 없는
그림자 하나가

덩그러니 남아 있었다
엎질러진 물처럼

여름이 쏟아져 있었다

평양냉면 먹기

평일 이른 오전에 평양냉면을 먹는다. 면을 천천히 휘젓는다. 맑은 육수에 풀어진 면을 보며 육수를 한 모금 마신다. 이게 무슨 맛이야?

애인은 물었다. 냉면 그릇을 들고 한 번 더 육수를 마셨다. 오래 머금었다. 주변 사람들을 봤다. 사람들은 고개를 끄덕이거나 갸우뚱하며 그것을 먹었다. 애인은 냉면의 냄새를 맡아 보기도 하고 면을 한 젓가락 크게 집어 올려 살펴보기도 했다. 나는 오이를 집어 애인의 그릇에 놓았다. 애인은 내게 면을 덜어 주었다. 우리는 말없이 서로의 것을 받아먹었다.

바람을 맞으며 걸었다. 애인의 머리칼이 땀에 젖어 있었다. 구름이 새하앴다. 누가 먼저랄 것도 없이 손 닿으면 잡았고 더우면 놓았다. 눈 마주치면 싱겁게 웃었다. 여름이 지속되고 있었다.

이게 무슨 맛이지? 우리는 가끔씩 평양냉면을 먹으러 갔다. 냉면에 식초만 넣어 보기도 겨자만 넣어 보기도 했다. 둘 다 넣고 마구 섞어 보기도 했다. 만두도 곁들여 먹었다. 소주도 마셨다. 낮부터 취한 우리의 실험은 계속되었다. 발그레해진 얼굴로 말할 수 있는 건 말했고 말할 수 없는 건 말하지 않았다.

마른장마가 이어지는 동안 비가 왔음 하고 바랐지만 막상 비가 오니 들뜬 마음은 변덕을 부렸다. 볕 좋은 날 바람 불어오면 평양냉면 생각이 났다. 침이 고였다.

육수를 머금는다. 창밖엔 한창 잎사귀 무성하고 식당은 금방 복작해지고 무더운 사람들은 냉면을 주문한다. 깨끗이 비워 낸 냉면 한 그릇. 감실거리는 햇빛과 선명한 그늘과 눈 감아도 쨍한 여름이 일렁인다.

1_눈 내리는 여름

화곡

    에밋 도미니크는 말했다. 뭐든 불타고 나면 까맣게 되는데, 눈 감으면 선명한 여름. 오오 여름이여. 그렇게 희곡은 시작했다. 빨래방 건조기에 이불을 넣고 돌린다. 이불이 말라 가는 50분 동안 S와 J는 메가 커피를 사서 걷는다. 화곡 시장을 구경하다가 포도를 좋아하는 S는 크림슨 한 송이를 산다. 둘은 공원 벤치에 앉아 비가 올 것만 같은 느낌을 최근에 읽은 희곡에 대한 이야기를 나눈다.

    희곡의 세계엔 전염병이 나돌았다. 에밋 도미니크와 조피아 엘리사벳은 굴라쉬를 먹기로 했다. 하늘엔 까마귀가 눅눅한 바람을 타고 날은 좀 우중충했으나 둘은 아무렴 좋았다. 토마토와 파프리카와 송아지 고기를 샀다. 키플리 빵도 샀다. 파프리카와 송아지 고기를 넣고 열심히 휘저으며 칼칼한 토마토 스튜를 끓였다. 맛있는 저녁을 먹었다. 그리고 그날부터 엘리사벳은 시름시름 앓기 시작했다. 섬

뜩한 복장을 한 의사는 누워 있는 엘리사벳을 향해 호된 매질을 했다. 삐걱이는 침대. 신음하는 그녀. 에밋은 무릎을 꿇고 기도했다. 나쁜 피를 빼기 위해 사혈하는 동안 엘리사벳은 희끗한 입술을 달싹였다. 뚝뚝 핏방울이 떨어졌다. 에밋은 젖은 천으로 기력이 쇠한 엘리사벳의 몸을 닦았다. 방에는 피비린내가 스몄다. 초점 없는 엘리사벳의 푸른 눈동자가 축축했다. 엘리사벳은 중얼거렸다. 에밋, 날 좀 죽여 줄 수 있겠어?

사랑하는 사람을 죽일 수 있을까? J는 손에 잡힐 듯 날아오고 날아가는 비행기를 보며 에밋과 엘리사벳을 생각한다. 날 죽일 수 있는 사람은… 에밋, 알잖아. 기괴하게도 신의 장난인 건지 에밋은 병에 걸리지 않았으며 엘리사벳은 분명 죽어 가고 있으나 죽지 않았다. 끈적한 여름이 지나는 동안 엘리사벳은 피를 토하며 부탁했다. 그럴 수 있지 않을까? S는 커피를 마신다. 커피는 밍밍하고. 보랏빛으로 물든 파스텔톤 하늘에는 떨림이 멎어 가는 기타 줄 같은 여름이 저물고 있다.

에밋은 엘리사벳의 부탁을 들어주었다. 주의 영광이 함께하리. 에밋은 엘리사벳의 죽음 앞에서 한참을 울었다. 뜨거운 여름. 엘리사벳은 불태워졌다. S와 J는 자주 나가진 않았지만 어딜 가든 체온을 쟀고 삼십육점오도 언저리를 오르내리며 활활 타오르는 여름을 나눠 가졌다. 열심히 우유 거품을 만들며 홈 카페 놀이를 하기도 했다. 여름 내내 S와 J는 왕가위 영화를 보았다. 흠뻑 사랑을 나누었다. 이상하지? 뭐든 불타고 나면 까맣게 되는데, 눈 감으면 여름. 에밋은 텅 빈 침대 앞에서 무릎을 꿇었다. 그렇게 희곡은 시작했다. 한 뼘쯤 열어 둔 창문 사이로 바람이 오가고 라일락 패턴이 들어간 커튼이 살랑이고 커튼을 투과한 연보랏빛이 방 안에 넘실거렸다. S와 J는 침대에 누워 일렁이는 커튼의 순간을 함께 바라보곤 했다. 그렇게 희곡은 시작했다. 이곳에 잠든 자 빛의 구원을 받으리. 빗소리를 들으며 기도하는 에밋은 어둠 속에서 번개의 섬광 같은 것을 보았다. 내가 사람의 방언과 천사의 말을 할지라도 사랑이 없으면 소리 나는 구리와 울리는 꽹과리가 되고,♥ 오오 여름이여. 우리는 여름의 무르고 달고 축축하고 검은 포도 알맹이를 나눠 먹으리. 그렇게 희곡은 시작한다.

햇볕에 말린 것만 같아! 빨래방에서 이불을 꼭 끌어안고 웃는 S는 덮는 이불을 J는 까는 이불을 안고 집으로 간다. 습기 머금은 바람이 불어오고 좋아질 것 같은 예감은 잘 빗나가고 비가 올 것만 같은 예감은 틀리지 않는다. 시

♥ 고린도전서 13장 1절.

멘트 바닥엔 점점이 빗방울. 골목마다 젖은 종이 냄새. 둘은 뛰어가면서 아직 끝나지 않은 여름을 흠뻑 맞는다.

귀 기울여 듣는 여름

자전거 페달을 밟다 말고 간밤에 멎은 비와 젖은 마음을 생각하다가 구름 사이로 뻗은 빛을 보다가 물비린내 맡는 다 수국이 흔들린다 한참을 내리던 폭우는 어디에도 없고

라면을 후후 불어 먹던 너는 자주 물컵을 엎곤 했지 텔레비전에는 몽골의 초원이 펼쳐져 있었다 흥건한 바닥을 닦는 나에게 너는 미안하다고 했다 떠날 채비를 하는 유목민들은 게르를 철거하고 가축을 끌고 걷기 시작했다

우리는 나란히 누워 목초지를 향한 유목민들의 걸음을 보았다 잠시 빛이 들면 창문을 열었다 화분에 드러난 뿌리같이 우리는 사람들의 발목을 보았다 금방 또 비는 쏟아지고 유목민들은 다시 둥그렇게 게르를 짓고 있었다

게르의 출입문에는 걸쇠가 따로 없다는데 놀랍기도 했다 거리에 우산이 펼쳐지고 흙내가 끼쳐 왔다 물웅덩이마다 울타리가 덧붙여졌다 과녁을 향해 무심히 꽂히는

　　구름은 계속 서로를 뭉개고 있다 창문에 빗금이 쳐지고 있다 창을 조금 열어 빗소리에 귀를 넣어 둔다 잘 그치지 않는 울음을 달고 여름이 지나고 있다

1_ 눈 내리는 여름

상영관

반듯하게 앉아 사랑하고 있는데
묘한 일이지

네 옆모습은 식탁 위 물컵 같아
눈 감으면 밝아지는 촛불이 흔들린다

영화는 지루하고 재미없고 당신은 말끔하고 정중하고
정갈하다
어제였던가 우리는 언젠가 마주 앉아
생일 축하해 아주 근사한 새벽을 흘려보내곤 했지

관객들이 웃는다 상자에 담긴 팝콘들
어제로 바꾸고 싶어 왜냐고 물으면
왜라고 답하고 싶어 널브러진 머리카락을 모아 버리고

나면 금세 차가운 기운이 돈다

영화관에 앉아
상영이 시작되면 감쪽같지
온 동네가 정전된 것처럼

의자에 앉아 의자에 의지한다 의자는 아직 의자고 의자
는 언제까지고 의자일 수 있는 의도와 방향이 있다 눈을
감은 너는 해야 할 고백을 되감고 있다

의자는 머물러 있고 우리는
반듯하게 앉아 영화가 끝나지 않길 기다린다

촛농 떨어지면

전자레인지 안에 끓어오르는 카레
몇 년째
머물러 있는 신발들

1_ 눈 내리는 여름

한겨울에 우유 데우기

불 켜진 전자레인지 안에서
우유가 담긴 머그잔이 돌아가는 동안
머릿속에서 너는 떠나가지 않고 맴돈다

버리지 마
나는 너에게 말했고

가위로 멸균우유팩 모서리를 자른 너는
유통기한이 삼 주나 지났어
개수대에 우유를 흘려보냈다

우리가 꿈꾼 건강한 생활은 흐지부지되었고 금방 겨울
이 왔고 멸균우유팩은 한가득 남았다

남은 우유팩 하나를 집어 빨대를 꽂고 마셨다 고소한
흰 우유 맛이 났다

　멀쩡해 정말이야
　너에게 우유를 내밀었는데
　너는 말없이 빈 우유팩을 짜그라트렸다

　옥신각신하는 사이
　밖에선 눈이 내리고 있었다

　띵 소리와 함께 전자레인지 안의 불이 꺼지고
　머그잔을 꺼내 두 손 모아 쥐면 손바닥에 전해지는 온기

　언제 내렸는지
　눈 내린 창밖의 새해 풍경을 보다가
　우유 위에 생긴 하얀 막을 젓가락으로 휘젓는다 엉겨
붙는 점액
　나는 이것을 온종일 휘저을 수 있다

　옷을 껴입고 수변공원을 걸으며 앞으로 해야 할 일을
떠올려 보는데

　　　　　　　　　　　　　　1_ 눈 내리는 여름

나무에 칭칭 감긴 크리스마스 전구는 여전히 반짝이고

바람에 흔들리는 버드나무

우리가 몇 살까지 같이 걸을 수 있을까
네가 남긴 질문은 자꾸 떠오르고 눈은 또 내리기 시작한다

소복이 쌓인 눈송이를 모아 쥐면 손이 시렵고
발개진 손을 보면서 생각한다 이제 그만 돌아가야 할 때.
온 길을 다시 걸어 집으로 간다 걸음마다 발자국이 찍힌다

싱크대 위에 놓인 머그잔
그 안에 남은 우유

손을 씻고 전기장판을 켜고
이불을 머리끝까지 덮는다

상하지 않은 것은 끝내 이해할 수 없고
몸이 따듯해지는 동안 밖에서는 눈이 내리고

그게 중요한 건 아니지만 지금 밖엔 눈이 내리고 있다.

우리, 첫눈이 내리면 만나요

안녕하세요? 잘 지내죠? 혹시 당신도 그런가요? 여전히 정신없고 늘 그렇고 그런, 소모적인 일상. 저는 그래요. 저녁의 지친 걸음 속에서 종종 생각하곤 해요. '다 잘될 것만 같았는데 죄다 안 되는 것만 같아.' 사실 다 그렇겠지만 '왠지 나만 안 되는 것 같아.' 이게 맞는 건지, 되묻곤 해요. 그러다 보면 어느덧 연말이고 해가 짧아진 거리에는 어느새 눈이 내리고 있죠.

'아, 눈. 눈이다.' 눈이 내리는 순간만큼은 제가끔 바쁜 걸음이 조금은 느려지는 때죠. 누구는 짜증 나서 걸음이 빨라질 수도 있겠네요. 맞아요. 저도 걱정돼요. 꽉 막힌 도로가 먼저 떠올라요. 그런데요. 아주 잠깐이지만 걸음을 멈추게 돼요. 그리고 주변을 돌아보게 되죠. 이삿짐을 싸는데 우연히 발견한 사진을 바라보는 때처럼 잠깐요. 또 이런 기분이 들기도 해요. 외투 주머니에 무심코 손을 넣었는데, 어라? 지폐 몇 장이 발견되었어요. 눈, 특히 첫눈은 그때의 기분과 비슷해요. 기분 좋은 일이 일어났다고 더 좋은 일이 생길 것만 같죠.

첫눈. 생각해 보면 참 오래 무심했던 것 같아요. '첫눈'이라고 발음하면 당신은 어떤 기분이 드나요? 한번 해 볼래요? '첫눈'이라고 소리 내 말해 볼래요? 첫눈… 첫눈… 첫눈……. 어때요? 저는 그래요. 설레는 뭔가가 있어요. 엄밀히 말하면 겨울에 내리는 '첫눈'은 연말일 텐데, 새롭게 시작될 것만 같은 기대가 생기게끔 해요. 아무래도 '첫'이라는 말 때문일까요.

첫.

'첫'이라고 처음 입을 떼는 순간. 그것은 악기를 연주하기 직전, 긴장한 악공의 짧은 심호흡 같아요. 치솟은 치솟아 오르고 이내 연주가 시작되는 거죠. 치읓과 연결된 모음 '어(ㅓ)'는 바깥으로 도망치는 게 아니라, 안으로 들어오고. 동시에 윗니에 걸리는 시옷. 오선지에 안착한 악공의 연주가 시작된 거죠.

첫눈.

차올랐던 숨이 겹겹이 흩날리네요. 악공의 연주는 더없이 보드랍고, 주변에는 하얀 음색이 가득해요. 그것을 느끼는 저의 기분은 하얗게 차올라요. 근데 또 차오른다고 해서 꽉꽉 들어차거나 막히는 건 아니에요. 여백이 차오르죠. 그것은 스리슬쩍 지금의 나를 지워 놓아요. 풍경이, 머릿속이, 온통 새하얗게 되었어요. 눈 내린 운동장 앞에 선 것 같아요. 도화지를 마주한 것 같아요. 그것에 압도당하기보다는 설레는 마음이 앞서네요. 이 때문일까요? 하얀 설렘. 순간이지만, 제멋대로 뭔가 해 볼 수 있을 것만 같은 작은 소망을 품게 하죠.

그리고 다른 한편, 첫눈은 사람을 아련하게 하는 힘도 있죠. 어쩐지 그리운 누군가를 떠올리게 돼요. 그리움은 사람을 애타게 하는 면이 있어서 따뜻하거나 혹은 뜨겁게 마음을 끓어오르게 하죠. 잠시나마, 그러니까 그야말로 '첫눈'은 뭇 사람을 추억에 젖게 만들거나 기대하게 하는 거죠.

에이, 말도 안 된다고요? 맞아요. 말도 안 되죠. 여백이라면 빈 것인데, 차오를 수가 없죠. 달리 말하면 아이러니겠지요. 그리고 눈이라는 건 사실 속성 자체가 차가운 건데, 따뜻하긴 어려운데 말이죠. 역시 '첫눈'은 말도 안 되는 단어 같아요. 객관적이고 이성적이기보다 주관적이고 감성적인 면이 더 큰, 역설적인 단어. 그럼에도 역시 눈길이 가는 단어. 첫눈.

아, 물론 공감할 수 없는 이도 있겠죠. 누군가에게 첫눈은 성가신 것. 예쁜 쓰레기일 수도 있죠. 저도 요즘에는 좀 그렇게 생각하거든요. 근데요. 그럼에도 불구, 생래적으로 우리는 '첫눈'에 대한 어떤 기대 내지 그리움이 있다고, 있었다고 생각해요. 그러고 보니 예쁜 쓰레기라는 말도 좀 말이 안 되는 것 같네요.

자, 그럼 다시 물어볼게요. 아니지. 우리 다시 떠올려 봐요. 첫눈. 이제 눈을 감고 첫눈이라고 천천히 발음해 봐요. 첫눈. 가만히 그 여백 속에 당신을 맡겨 볼래요? 하고 싶은 대로 하는 거예요. 그 세계에서는 누구도 방해하지 않아요. 그럼 떠올려 볼래요? 당신이 그리워하는 누군가. 또는 우연이라도 만나고 싶은 누군가를요. 사람이든 사물이든 괜찮아요. 우연에는 이유가 없으니까요. 역시 말도 안 된다고요? 역시 괜찮아요. 세상은 말도 안 되는 것투성이니까요.

슬슬 저는 가 볼 시간이 된 것 같아요. 배가 고프거든요. 오늘 저녁은 떡볶이를 먹을 거예요. 당신은요? 당신의 저녁은 또 어떤지 궁금하네요. 그런데요 우리, 또 만날 수 있을까요? 우리 이렇게 할래요? 첫눈이 내리면 만나요.

그러기로 해요. 첫눈 오는 날, 털레털레 걷다가 우리 우연히 마주치게 된다면 함박웃음까진 아니더라도 미소 정도는 짓기로 해요. 난데없이 막 웃으면 머쓱하잖아요. 좀무섭기도 하고요. 어때요? 가벼운 웃음 정도는 머금을 수있잖아요. 우리는 다 외롭고 그렇고 그런 사람들이니까요. 또 아무렇지 않게 서로를 지나치고 서로의 뒷모습이 될 테지만, 멀어지는 걸음 속에서 헤아려 봐요. 시간을 쫓느라잊었던 것들, 다시 한번 그려 봐요. 첫눈. 첫눈이 내리기 시작하네요.

아마 늦은 여름이었을 거야

살면서 경험해 온 많은 여름과 별다를 것 없는데도, 왠지 모를 행운이 함께하는 여름. 뜨거운 한낮을 보내고 마시는 차가운 얼음 소리가 청명하게 느껴지는, 우연히 돌아간 골목길에서 턱시도를 입은 고양이를 만나는, 유독 처음 먹어 보는 음식이 많은, 그리고 나뭇잎 무성한 사이로 약간은 달뜬 기억을 갖게 되는 여름. 그런 순간들은 왠지 별다를 것 없고 꼭 그런 것만도 아니지만, 대개는 아마 늦은 여름이었던 것 같다. 이제 한 시절이 지나가고 있음을 강렬하게 느끼게 되는 여름의 한 토막.

웬일인지 기억에 남는 여름이란 그런 식이다. 어쩌면 이제 우리에게 남겨진 여름이란 그 늦은 여름을 자꾸만 곱씹게 되는 그런 여름일 뿐이라서 그런 걸지도 모른다. 정보영이 보여 주는 여름이란, 그런 느낌이 아닐까 싶다. 여름을 짙게 감각하면서, 그 여름의 틈새에서 여러 겹의 기억이 쏟아진다. 거기에는 당신과 보낸 한나절과 당신을 보내고 난 후의 한나절도 있다. 그 모든 순간이 여름이라서, 한순간도 여름이 아닌 순간이 없다. 그래서일까. 정보영의 여름을 깊게 바라보고 있자면, 그 속에는 왠지 '첫'이라는 단어가 수줍은 모습으로 숨겨져 있는 것만 같다. 마치, 봄을 지나 여름으로 접어드는 시절의 무성한 나뭇잎과 같은 빛깔로 말이다.

그러니 우리가 이 시를 읽으며 처음에 대한 기억들을 떠올리게 된다 하더라도, 그건 그리 낯선 일은 아닐 것이다. 여름에는 늘 처음이 숨어 있는 법이니까. 그래서 정보영이 보여 주는 여름의 기억에는 늘 선명하고 아찔한 파란과 함께, 은은하게 퍼지는 쓰면서도 선선한 말차 향 같은 것이 느껴지는 것만 같다. 우리가 시를 읽으며 그 맛을 감각할 무렵에 약간의 슬픔을 느끼게 되는 건, 아마 우리가 말차의 맛을 알기 이전으로는 다시 돌아갈 수 없으리라는 걸 알고 있기 때문이겠지.

달고 시큼한 맛 말고도 여름에는 다양한 맛이 숨겨져 있다. 그리고 때때로 맛이라는 건, 내용물을 구성하는 성분에 의한 것이 아니라 기억에 의해 구성되기도 하는 법이다. 마치, 지금 내가 마주한 여름의 빛깔 사이로 지난여름의 잔향이 스며들어 있는 것처럼. 그러니 이 여름에서 내가 당신을 추억한다고 하더라도 그건 낯선 일이 아닐 것이다. 이제 우리에게 남은 여름이란 그런 것이니까. 조금은 쓸쓸하면서도 신선하게 느껴지는 말차 향의 여름.

　그런 여름이 우리에게도 있었다고, 당신에게도 있었다고, 말차 향기가 나에게 속삭인다.

2
슈팅스타,
똑똑

문혜연

풀피리 시스터즈 소속. 책에는 밑줄도 긋지 않아서 포스트잇이 아주 많이 필요하다. 잠깐 사랑하기와 잠깐 사랑하지 않기를 잘해서 오래 우울하지 않을 수 있다. 잔인한 건 조금도 보지 못하면서 걱정과 불안의 상상력이 방대한 편이다. 빛이 잘 드는 방에서 불면과 늦잠의 나날을 보낸다. 무언가에 진심인 사람들의 얼굴을 좋아한다. 아무것도 알 수 없어서 모르는 것을 쓰겠다고 말한 적 있다. 끝없는 산만 속에서도 그것만은 변하지 않고 있다.

☀️ **행성 음악**
주보링 <밤 해변>

여름 이야기

있잖아, 칠석을 믿어?
칠석은 절긴데 믿을 게 뭐 있어?
전설이 있잖아 비가 온다는

케케묵은 이야기지
근데 정말 비가 왔고 작년에도 왔는데
여름 이야기니까 비가 오는 거야 전설이 겨울 이야기였
으면 눈이 왔겠지
너는 말했지만

진짜 전설이라면 겨울에도 비가 올 거야
그렇게 생각하다가

등을 맞대고 누웠던

우리가 조금씩 떠오른다

있잖아, 잠든 사람은 조금 무섭기도 해
너는 그런 생각에도 자꾸 멀어지는데
무섭기도 해, 해, 메아리치는 밤

헤엄치듯 팔로 허공을 저어
너에게 조금씩 다가가면

장면이 구성되기를 멈춘다
너는 여전히 감은 눈 흰 얼굴

이야기 속에서는 조금 느려도 일어날 일은 일어나고 일
어날 줄 모르는 너를 베개로 때리면
펑! 터져 나오는 깃털

다시 돌아오는 칠석엔 걸음마다 발이 푹푹 빠져서
차가운 발로 겨울까지 걸어갈 우리 위로

팔랑팔랑 춤추며 떨어지는
부드럽고 따뜻한

흰 깃털

코끝이 간지러운 우리가
쿡쿡거리며 웃던

전설처럼 비 내리는 밤
축축하고 차가운
입맞춤

짠

한여름 슈팅스타

따끈한 노란 등, 움찔거리는 두 귀. 고양이가 밥을 먹는 동안 마주 앉아 아이스크림을 먹어요. 입 안에서 반짝반짝 터지다가 사라져 버리는 작은 사탕들. 고양이는 그런 거 안 한다고 말해도 현은 매번 손을 내밀었는데, 빈손을 잡는 건 늘 내 몫이었고요. 손에 달라붙은 노란 털들, 털어 내도 사라지지 않는. 살아 있는 것에 더는 이름 붙이지 않기로 해서, 고양이는 여전히 고양이. 발음만 해도 떠오르는 골목, 노란색, 손바닥. 혼자 걷는 골목은 자꾸 길어지는 것 같아. 그렇게 말하면서 저는 사라집니다. 터지지 않은 사탕 알갱이 하나 입 안에서 굴리다 깨물면, 톡 따끔한 단맛. 잠시 후 현이 옵니다. 바람도 없이 흔들리는 흰 옷자락. 현이 고양이를 쓰다듬고 이렇게 말합니다. 이 골목은 저번보다 길어졌군. 고양이가 기지개를 켜고 천천히 현을 통과해 사라집니다. 여름밤은 뜨거워집니다. 아무도 모르게 골목으로 떨어지는 별들, 톡톡 터지는 노란 빛 사이로 현이 사라집니다. 어디선가 고양이가 우는 밤, 조금씩 저려 오는, 느낌을 잃어 가는 잠든 손. 떨어지기도 전에 톡톡 터지는 투명한 물방울, 찬 이마를 쓸고 가는 손바닥 하나 녹아내리는, 여름의 한가운데, 톡톡, 슈팅스타.

유월

비 오기 직전
물속을 걷는 것 같은

오월 밤
푸른

자전거를 타고 달린다
등 뒤에 앉은 너는
조금 뜨거운 손가락들

희고 묽은
아카시아 꽃 냄새

밤바람에 얼굴이 차가워진다

나는 뜨거운 등과

찬 손으로

자전거 타는 뒷모습은 다 신나 보여

너는 그렇게 말한 적 있는데

글쎄, 지금은 조금도 그렇지 않은데

오르막길에서 자전거는 걷는 것보다 힘들고

숨소리밖에 들리지 않는 밤

비는 기어이 오고야 만다

우리는 아직 도착하지 못했는데

생각만으로 무거워지는 등

기쁨을 전혀 모르는 표정이

계속되는

계절은 뒤돌아보면 바뀌어 있지

아직은 아니었지만

비가 잦아든다

젖는 것과 마르는 일이
한 번에 일어나는
고요 속

내리막을 내려갈 때 두 다리를 들면
페달이 스스로 돌아간다
발은 멈춘 채로

조금씩 가벼워지는 페달
차가워지는 등

금이 간 흰 벽에서
부서져 내리는
흰 가루처럼

떨어지는 아카시아 꽃
무너지듯
조용히

내리막길이 끝나자
서서히 자전거가 멈춘다

부드럽게 귓가를 스치는
밤 벌레들
홀씨들

아카시아꽃 냄새
사라진

밤
물 냄새 풍겨 오는

후두둑
나무에서 물방울들이 떨어진다

여름

가구마다 흰 천이 덮인
희고 작은 방
나란히 앉았던

밍밍한 물맛 물큰 나는
여름의 끝맛으로
자두는 끈적이고

나는 해를 등지고
당신은 내 앞에 앉아서

당신이 나를 그리던
고요한 오후
흰 벽

길어지는 그림자

당신 두 눈 앞
얼굴이 사라지는 기분

기다리는 부고가 있어요
바라는 건 아니지만
이제 때가 되어 버린

전화가 울리지 않네요
원래 그럴 예정이었겠지만
오늘 하루는 그냥 지나가나 봐요

눈도 코도 입도
모두 흘러내렸다
다시 돋아나는 기분

기분은 너무 길고
그림은 영영 멈춰 버렸고

어느덧 색이 변한

자두 씨

창문의 빛

그림과 손끝

눈을 감으면 떠오르는

당신 밤색 여름 카디건

나를 그리는 내내

카디건의 보풀을 떼면

카디건은 얇아지나요?

입지 않아도 보풀은 생겨나는데

무릎을 끌어안고 가만히

창밖을 보다 보면

당신이 좋아하던 그림 속

한 장면으로 나는 멈춰 있고

사라지는 기분으로

전화를 걸어요

오늘도 살아 있는 사람은

잠들려 하지 않고

아무도 사라지지 말아요
여름 별자리
흰 뺨

보풀을 긁어 낸 카디건이
밤새 보풀을 부풀립니다
몽글몽글 물방울 같고

이른 전화에 눈 뜨는
여름 아침
물큰 허공에 물 냄새 나는

해변의 여름귤나무

지난여름 월정리에서는
여름귤나무 마주쳤는데

해변의 여름귤나무
둥글고 노란 여름귤 위로
푸름이 내려앉던
하지의 밤

그 여름에 대해 이야기하면 할수록 우리가 가진 여름이
자꾸 늘어났다가 줄어들고 줄어들어서
사라진 곳에 나타나는
젖은 모래 부스러지는
여름귤나무
비와 바다

흐르는

밀려오는

찰랑거리는

지난여름 월정리에서

지워져 가는 해안선을 따라

둥근 달 아래를 걷는 연인들

팔짱을 껴서

한 손만 쓸 수 있는

우리가 나눠 먹던

가장 짧은 여름밤

노랗고 두꺼운 껍질에서

폭죽처럼 터져 나오는

빛

새콤하고 고요한

입 안 가득 퍼지는 여름의 맛

지난여름 월정리

쓰고 시고 그 다음으로 달콤한

넓어지고 깊어지는 여름밤
해변의 발자국에서 피어오르는

매끄럽고 축축한 귤나무 잎
떠올릴 때마다
검고 푸른 잎
계속 새로 태어나는데

두 사람 머리 위로 떠오른
둥글고 노란 달, 새큼한

그 여름
하지의 밤
떠올릴수록 흩어지는 풍경 속에서

해변에 툭 떨어지는
여름귤 하나

아무도 본 적 없다던

사라지지 않는
빛

시계가 있던 자리

선크림을 너무 많이 바른 것 같아
너는 하얗게 질린 얼굴로 나를 찾아온다

네가 유령이라면 이렇게 생겼겠다
우리는 킬킬 웃으며 수영복을 입었지
나는 선크림 양을 섬세하게 조절했지만 창백한 건 어쩔
수 없고

시계를 풀고 팔다리에도 선크림을 바르면 우리는
흰 얼굴 흰 팔 흰 다리
마지막은 서로의 등

어떤 바다는 선크림을 바르면 못 들어가게 한대
녹아드니까?

그치, 사라지지 않는대
등을 문지르는 간지럽고 따뜻한 손바닥

나는 너의 등을 문지르다 생각에 잠긴다
우린 수영장에 가니까 괜찮을 거야
바다가 아니잖아

수영장은 반짝거리기를 멈추지 않는다
고여 있으면서도 출렁거리는 물에
우리는 손을 잡고 뛰어들었고

너는 멀리서부터 잠수해 와 갑자기 솟아오른다
숨도 웃음도 참은 얼굴은 수영장 바닥처럼 파랗고 빛에
따라 초록이기도 했고

선베드에 누워 있으면 금방 몸이 마른다
나란히 누워서 몸을 뒤집으며
따끈하게 구워지는 기분

꼼꼼히 발랐다고 생각해도 빈틈은 있기 마련이어서 어
쩔 수 없이 어딘가 따갑겠지만

62

이 정도면 괜찮다고 생각하는

짧은 휴가 더 짧은 물놀이

그날 밤 우리는 서로의 붉은 콧잔등을 보며 웃는다

불을 끄면 노란색으로 보이는 것도 같은 콧등을 찡그리
면서 우리는 알록달록 껍질이 벗겨지는 줄도 모르고

잠든 우리의 손목 위로

빛이 내린다

시계가 있던 자리

아직 사라지지 않고 희미하게 남아

옅고 흰

여름, 물빛 밤 속

우리는 젖은 머리카락

어둠 속에서 바람도 없이

젖은 수영복이 서서히 말라 간다

아무도 그 일을 이상하게 생각하지 않는다

여름을 좋아하시나요?

이렇게 물으면 아마 제각각의 이유로 좋음과 싫음을 이야기할 테지만, 저는 여름을 좋아하려 애쓴다고 대답합니다. 여름에 태어나 여름을 사랑하지 않는 건 어쩐지 잘못하는 것 같은 마음이어서요. 남들이 여름을 흉보면 속으로 작게 여름의 편을 듭니다.

맞아요, 무더워요. 그래도 반짝거려요. 지나고 나면 아름다웠고요, 사라질 땐 제법 아쉽답니다. 끈적함에는 과일의 단맛을, 더위에는 휴양지의 바다를, 온몸을 적시는 뜨거운 비는 편을 들기 어렵지만, 비를 뚫고 와서 생일을 축하해 주는 젖은 얼굴들을 떠올리면 저는 여름을 조금 더 사랑할 수 있었습니다.

이 글을 쓰는 지금, 또 한 번의 여름이 지나고 있어요. 이번 여름은 뜨거웠고, 어느 때보다 많은 비가 내려 슬픔이 넘쳐흘렀습니다. 그랬던 순간들이 모두 사라진 것처럼,

어느덧 해가 조금 짧아지고 공기는 차가워지기 시작했습니다. 계절이 바뀌는 때는 정해진 게 아니니까, 제 마음대로 지금을 여름의 마지막 날이라고 생각하고 여름에 대해 이야기해 보려 합니다. 여행의 마지막 날, 돌아오는 길에 지난 여행을 되돌아보는 것처럼 말이에요.

제게 여름이라는 시간이 어떤지 이야기해 볼까요. 저는 음력 7월 7일, 칠석에 태어났습니다. 칠석은 이미 희미해져 가는 이야기여서 의미를 부여하기엔 애매할지도 모르겠습니다만, 칠석에 태어난 사람에게는 나름대로 기억에 남는 이야기입니다. 대부분 비가 내렸던 것 같아요. 장마나 태풍이라 그렇지 않겠냐고 물으신다면 그래서일지도 모르겠지만, 그래도 그날 내리는 비만큼은 조금 신비로워 보였습니다. 더 어렸을 땐 슬프기도 했습니다. 전설 속 연인이 드디어 만났다는 것보다 또다시 헤어지겠구나, 하는 것에 마음이 더 쓰였거든요. 이미 제 세계에는 헤어짐이 총총 밝은 별처럼 깔려 있구나, 하는 낭만적인 비관에 젖기도 했고요.

어른이 되고 여러 종류의 헤어짐에 익숙해져도 종종 전설 속 연인의 마음만큼은 이해하기가 어려웠습니다. 찰나의 기쁨을 위해 오랜 헤어짐을 견디는 마음은 그 기쁨이 더 크기 때문일까요? 저라면 오랜 슬픔을 끊어 내기 위해 오히려 영영 만나지 않는 쪽을 선택할 것 같은데 말입니다. 그런데 가만히 생각하다 보니 문득 떠오르는 장면이 하나 있었습니다. 어릴 적 자주 놀러 가던 우도에는 산호 해변이 있었는데, 작은 조개껍데기, 산호 조각들이 모래에 뒤섞여 있는 예쁜 곳이었습니다. 그곳에 가면 물놀이도 하지 않고 준비해 간 작은 유리병에 가장 예쁜 조개껍데기, 색이 남아 있는 산호 조각들, 크고 반짝이는 모래 알갱이들을 골라 담곤 했습니다. 어차피 해변을 떠날 땐 두고 와야 하는 걸 알면서도 등이 다 타도록 조개껍데기를 고르던 마음. 그 마음이 저 연인들과 좀 닮지 않았을까요?

조개껍데기들을 모두 두고 돌아오고 며칠 동안은 옷이나 신발에서 모래알을 발견하곤 했습니다. 너무 작고 작아서 보이지도 않던, 아름답지 않아서 유리병에 담지도 않았을 모래알 몇 알만이 해변의 흔적으로 남아 있었습니다. 생각해 보면 뜨겁거나 거센 비바람이 몰아치던 여름의 순간들, 강렬한 빛과 색으로 기억되지만, 여름, 하고 말하면 흔한 순간들만 떠올라요. 시원하고 단단한 복숭아를 먹던 날, 여름비 지나간 후에 맡는 풀 냄새 같은 것들요. 어떻게 보면 중요한 건 조개껍데기도, 그걸 두고 오는 마음도 아닌, 달라붙은 줄도 몰랐던 평범한 모래알 몇 알일지도 모르겠습니다. 그런 생각을 하고 있자면 오래된 연인의 이야기 역시 만남의 기쁨이나 헤어짐의 슬픔이 아니라 그 모든 순간을 평범한 하루로 받아들일 때 비로소 완성되는 게 아닐까 하게 됩니다. 그래서 그들은 잠깐 만나고, 수없이 이별할 수 있었던 게 아닐까요?

그래서 여름을 어떻게 좋아하게 된 거냐 물으신다면, 제가 태어난 날 전설 속 연인의 이야기가 마음에 들어서라고 대답할까요. 제 머리맡에 놓인 게 슬픔으로 수놓인 밤하늘인 줄 알았는데, 검고 반짝이는 잔물결이 거듭 밀려오고 밀려가는 밤바다라는 걸 알게 되어서라고 말할까요. 특별한 순간들만이 기억에 남는 계절이라고 생각했는데, 돌이켜 보면 여름은 사소한 풍경들로 이루어져서 아름다운 계절이었습니다. 평상시보다 더 높은 채도의 하늘과 나뭇잎, 달콤한 즙이 떨어지는 과일, 그리고 무엇보다 모래와 물결이 만드는 풍경을 저는 좋아합니다. 희거나 검은 모래들, 볼 때마다 색을 달리하는 물결들을 바라보고 있자면 앞으로 제게 남은 시간이 한없이 모자랄 것만 같아요. 다른 계절의 바다들도 아름답지만, 여름의 바다가 풍기는 따뜻하고 짭짤한 냄새와 후덥지근한 바람이 주는 느긋함은 어느 계절에서도 느낄 수 없지 않나요?

제멋대로 정한 여름의 마지막 밤이 지나고 있습니다. 당신이 이 글을 읽을 때는 어떤 계절일까요? 이 글을 시작하며 던진 질문을 다시 해 봅니다. 여름을 좋아하시나요? 여름의 전설과 얽힌 이야기는 몰라도, 제가 속삭인 여름의 풍경 중 잠시라도 반짝인 순간이 있었나요? 특별하지 않아 지나갔던 순간이지만 돌이켜 보면 아름답던 순간. 그렇다면 오늘은 여름을 조금 더 좋아해 주세요. 그리고 당신이 내일은 또 다른 계절들을, 계절보다 더 작은 열두 달들을, 보다 더 작게 쪼갠 하루하루를 좋아해 주셨으면 좋겠어요. 그럼 우리 다음 여름에도 마주 앉아 차가운 와인이라도 한잔할 수 있을 거예요. 모기에 물려 부푼 다리를 긁으면서도, 땀에 젖은 머리칼을 넘겨 주는 바람을 맞으며 좋아하는 노래를 들으면서. 그렇게 사소한 장면으로 오래 남으면 좋겠습니다.

그럼 이제 저는 다가올 가을을 사랑하러 떠나겠습니다.

순간을 믿어요

어떤 계절은 색이나 빛, 온도로 기억되는 것이 아니라 사람으로 기억된다. 그리고 사람은 그 계절을 구성하는 여러 감각들로 다시금 채워진다. 우리가 그 계절을 소중하게 느끼는 건 그 계절이 가진 구체적인 특성 때문이 아니라, 어쩌면 그때에 그 사람을 조우했기 때문인지도 모른다. 우리가 그 사람을 유독 소중하게 느끼는 건, 그 계절을 함께 보냈기 때문인지도 모른다.

문혜연의 시에는 사람에 대한 기억과 계절에 대한 감각이 교차하듯 이어진다. 때로 사람에 대한 기억은 계절에 대한 감각으로 묘사되고, 계절에 대한 감각은 사람에 대한 기억으로 짙게 채워진다. 계절 같은 사람, 혹은 인격을 가진 계절. 그러니 문혜연의 시를 읽을 때 우리가 그 속에 놓인 사람에 대한 묘사를 바라보며 어떤 계절을 상상하거나,

혹은 계절 속에서 구체적인 한 사람을 상상하게 되는 것은 당연한 일인지도 모른다.

서로 다른 물성을 교환하듯 이루어지는 이 비유 속에는 하나의 공통분모가 존재한다. 그건, 두 대상 모두 시간의 흐름에 따라 지금 내 곁을 지나가게 된다는 것. 영원히 내 곁에 머무르며 나의 곁을 수놓는 것이 아니라, 때가 되면 내 곁을 떠나 자신의 방향을 향해 나아가게 되는 사물들, 혹은 시간들. 가볍고 발랄하게 느껴지는 시어들 사이로 당신이 왠지 모를 쓸쓸한 기분에 잠기게 된다면, 그건 당신도 이미 알고 있기 때문이다. 당신에게 소중한 그 어떤 것도 영원히 당신의 곁을 지켜 주지는 않는다는 사실을.

그렇기에 문혜연이 종종 발음하곤 하는 "톡톡"이라거나 "짠" 혹은 "팡"과 같은 의태어에는 두 가지의 결이 함께 공존한다. 하나는 그 발음이 선사하는 가볍고 산뜻한 느낌이고, 다른 하나는 그렇게밖에는 발음할 수 없는 시간과 사람에 대한 안타까움이다. 때로 어떤 이별은 그 무게를 감당할 언어를 찾을 수 없어 외려 정반대의 무게를 지닌 단어에 안착하곤 한다. 하지만 한편으론 그런 생각도 든다. 이 의태어들에 담긴 마음을 단지 안타까움이라 말해도 되는 걸까? 아닐 것이다. 그걸 단지 안타까움이나 아쉬움이라 말하지 않고 "톡톡", "짠", "팡"과 같은 의태어에 기대

2_슈팅스타, 톡톡

게 되는 건 오직 그것만이 다음 칠석까지 우릴 버틸 수 있게 하기 때문일 것이다. 그러니, 다음 여름에 다시 만나요. 슬픔도, 기쁨도, 안타까움도 모두 함께.

3

춤을
처음 춰 보는
사람들을 위한

이가인

옷장의 80%가 검은 옷이다. 검은 옷을 입을 때 느끼는 안정감과 고요를 좋아한다. 사랑을 믿지 않으면서 사랑이라는 단어가 주는 힘은 믿는다. 또한 사랑하는 너에게, 라는 말을 습관처럼 내뱉는다. 습관적 사랑을 왜인지 반복하는 사람. 그러면서 단어가 지닌 무게가 가벼워질까 두렵긴 하다. 입 주변에 점이 두 개라 굶을 걱정은 없으니 이 또한 괜찮지 않을까.

☀ 행성 음악
SQURL <Funnel of Love>

T

T가 사라진 후

나는 손가락을 감추기 시작했다

집 앞을 나설 때에도 텅 빈 가방을 들었다

가방을 들고 다시 집으로 들어오면

T가 없다는 것이 실감 났다

그렇지만 가방은 계속 내게 매달려 있고

나는 거울 앞에서 끊임없이 가방을 확인한다

그러다 문득, T가 두고 간 것이 비칠 때가 있다

가방은 여전히 텅 비어 있고

혼자선 아무것도 담을 수 없고

담기 위해서만 있고

가방은 혼자서 문을 열 수 없다

가방에 손가락을 보관하는 사람이 있을까

3_춤을 처음 춰 보는 사람들을 위한

생각했지만 가방 안에 굴러다니는
열 개의 약속을 생각하니
차라리 서랍을 메면 어떨까
나는 서랍과 함께 방구석에 가만히 서 있고
안에 든 물건은 흔들리지 않고
토하지 않아도 되고
이별하지 않아도 되고

그런 건 없다고
T라면 솔직히 말하겠지만
T는 지금 없다
그것이 이제 낯설지 않다

다만 거울은 지나간 걸 붙잡지 않고
아무리 잡아도 내가 잡은 흔적들만
내가 닦지 않으면 그대로 묻어 있고
잡고 있던 나를 불쌍해하고
다시는 바라보지 않고
열 손가락은 여전히 내게 매달려 있다
그 사실이 견딜 수 없어
가방 대신 주먹을 들고 나섰다

가방을 힐끗거리던 습관은

쉽게 고쳐지지 않고

주먹을 세게 쥘수록

손가락은 나를 파고들지만

손을 아무리 말아 쥐어도 빠져나가는

애초에 잡을 수 없는

거울-커버

M의 앨범 커버엔 죽은 사슴이 박제되어 있었다 사슴은
자신을 죽이기엔 너무 큰 트랩 안에 갇혀 있었고 그건 사
슴을 위한 무덤이 아니라 사슴은 사진 찍혔고 박제당했고
M의 노래를 듣는 사람들은 전부 사슴을 마주해야 했다 사
슴이 어디를 가는 중이었는지 어쩌다 그곳에 갇혔는지 죽
은 지 몇 시간 만에 발견되었는지 누구도 알지 못했지만

사슴은 분명 죽은 사슴인데 눈동자는 투명하게 매끈거
렸고 입 주변은 거품 하나 없이 깨끗했고 피 한 방울 떨어
져 있지 않았다 어쩌면 지금의 나보다 단정하다는 생각에
문득 내가 무슨 옷을 입었는지 헷갈렸다

시선을 허벅지로 옮기니 스커트 안쪽부터 퍼지는 두려
움과 다음 역을 알리는 역무원의 목소리는 M과 비슷했고
지하철 창문은 여전히 검은데 거기에 비치는 내 두 귀가
조금 뾰족했다 어색해 만져 보니 따끔거리는 손끝

M의 노래는 막 절정에 도달했고

화면 속 사슴이 나를 쳐다보고 있었다

언제부터 지하철을 탔지 이대로 달리면 덫에 걸릴 거 같은데 나는 지하철을 멈추는 방법 같은 건 당연히 모르지만 음악은 멈출 줄 아니까 핸드폰 화면은 검고 그 안에 사슴과 내가 겹쳐지는데 투명하게 매끈거리는 눈동자 안엔 누구도 없다 사슴은 사슴이고 M은 M의 노래를 냈고 사슴의 M은 뾰족하고 M을 뒤집으면 거꾸로 침몰, 지하철은 여전히 달려 나가는데 사슴과 엠 사, 슴슴슴엠엠엠… 사슴은 죽어서 사진 찍히고 박제되었는데 이대로 지하철이 가라앉는다면

아무리 잘라도 솟아나는 지독한 얼굴이 사슴과 닮았길 낯선 물체는 차갑고 뾰족하고 더러운 척해도 가려지지 않고 그 위에 올라탄 사슴은 갈라진 채 죽어 있는데 아파 보이지도 부끄러워 보이지도 않잖아 새어 나온 내장과 점액 때문에 부드러워 보여 커다란 사슴의 뿔 위에 벌레들은 뒤척이듯 기어 다니고 방금 잠에서 깬 사람의 몸짓은 어딘가 평화롭지 그게 부러워 천천히 눕자 순간 상냥하게 옆구

3_춤을 처음 춰 보는 사람들을 위한

리를 파고드는 가시관 아니 마른 나뭇가지…

　나는 노래를 따라 부를 지경에 이르렀다 그건 내가 처음이자 마지막으로 잡은 완벽한 타인의 품

　우리 열차에 종착지가 존재하지 않는다는 역무원의 목소리가 울려 퍼진다 목적지도 없으면서 지하철은 부드럽게 흘러가고 순간 사슴의 입김을 느낀다 축축하지만 따뜻하게 피어나는 소름 지하철 손잡이가 사슴의 뿔 모양이다 내가 앉은 의자가 사슴 등가죽의 촉감이다 허공이 사슴의 혀로 만들어진 스커트를 뜯어 먹는다

　왜인지 M의 목소리로 생일 축하를 받은 기억이 있는데

　밖에 사슴들이 뛰어다닌다 지하철을 향해 맹렬히 뛰어온다 뿔이 엉킨 사슴 빨간 눈 사슴 목 밖에 없는 사슴 사슴사슴사슴들이 마침내 사슴이 되어 나를

　고개를 뒤로 꺾자 누군지 모를 울음소리와 함께 순식간에 거꾸로 침몰

skinny love

우리의 아이가 너무나 가벼워 자꾸만 길거리에 버려질 때

걷다가 아이가 없어진 걸 깨달았다
너는 춥다며 집에 들어가자 말했고
나는 대답 대신 걸었던 길을 천천히 되짚었다
멀어지는 뒷모습을 보며 넌 무슨 생각을 할까
뒤를 돌아보면 내 것뿐인 발자국이 사실이 될까 봐
힘주어 고개를 바로 잡았다

어두운 골목은 마치 우리의 방 같았다
혼자 떨고 있는 아이를 주워
먼지를 털고 주머니에 넣었다
우린 습관처럼 같은 방향으로 향했고
아이가 다시 바닥에 떨어질까 봐 불안해하지도

3_ 춤을 처음 춰 보는 사람들을 위한

주머니에 넣은 손을 꽉 쥐고 걷지도 않았다

내 주머니는 한없이 가볍고
아이는 다만 천천히 무너지는 중이다

재활용은 수요일이라 너는 품 안 가득 박스를 들었다
팔이 부족해 문을 열지 못하자
고개를 돌려 나를 바라봤다
문을 열면 안 될 것 같은데
네가 문을 열어 줬잖아, 변명이 되는
그때 박스가 녹아내렸다
잠깐, 아이가 울어
말할 틈도 없이
너는 망설임 없이
박스를 더 커다란 박스 안으로 던지고

아이가 가벼워 침대는 떠올랐다
몸을 뒤척이면 이리저리 흔들렸다
너에게 닿고 싶어 손을 뻗었는데
네 몸만 한 싱크홀이 매트리스의 중앙에 뚫려 있고
천장을 바라보는 넌 어디를 보는 걸까

네가 고개를 조금만 돌려 준다면
내가 너를 보고 있다 믿을 수 있을까
너의 고요는 너무나 어둡다
변명할 수 없을 만큼

다음 날 싱크홀 안에 들어가
가만히 몸을 웅크린 채
네가 없는 우주를 상상하지만

그곳에서 너의 뒷모습을 발견한다
나는 천천히 우주복을 벗는다
우주보다 깊게 사라지는 널 보며

우리의 사랑은 저 멀리
모르는 길을 떠다닌다

3_춤을 처음 춰 보는 사람들을 위한

병실 영영호

천천히 주먹을 폈다
손바닥 안에 양 한 마리 누워 있다
밝아진 시야에 천천히 움직인다
주먹을 쥐려 했지만 엄지손가락이 보이지 않는다

이스터 에그를 찾겠다고 떠난 너는 병실에 누워 있었다
의사는 네가 약물 중독자라며 네가 먹는 걸 전부 감시
하라 했고
네 곁에 있는 건 어렵지 않았기에 고개를 끄덕였다

너는 둥근 것만 보면 입에 가져가려 했다
병원에선 누구나 둥글고 고요해서
귀신이 있다는 소문이 병원에 떠돌았다
엄지손가락을 숨기면 잡혀가지 않아

바람이 불어도 흔들리지 않던 너의 머리카락과
발바닥이 간지러워 재빨리 주먹을 쥐는 내가

너는 너를 알지 못했다
아파서 침대에 누워 있다는 것도 이스터 에그를 찾다
실패했다는 것도 나의 감시를 받는다는 것도 오늘의 날씨
가 좋다는 것도 우리는 안전하다는 것도 밖에 나갈 필요가
없다는 것도
엄지손가락을 아무에게나 보여 주며
매일 밤 사라졌다
나는 엄지손가락을 깨물며
매일 밤 너를 찾아 병원을 돌아다녔다

이상해, 자꾸만 너를 놓치고
아침이 오면 다시 엄지손가락을 숨겨
꽉 쥔 주먹이 점점 아파 오는데

주먹 한입에 넣기 놀이 하자
주먹이 점점 작아지는 거 같아
이제 얼마 남지 않았어
내가 매일 밤 창문을 두드리는 거 너는 몰랐지?

모든 게 조금씩 망가지는데

울타리 밖을 떠돌다 그대로 버려진 양
양 한 마리 양 두 마리 양을 세다
울타리의 경계가 무너지는 틈에
달걀 깨지는 소리가 탁
양이 엉엉 소리를 내며 나를 쳐다봤다
우는 얼굴은 아니었고
자세히 보니 무언가를 먹고 있고
누구의 엄지손가락을 씹고 있고

너, 찾았어?
이스터 에그?

병이 낫지 않았지만 목적지를 정하면
우리의 마지막을 볼 수 있을 것만 같아
약 대신 엄지손가락을 빨며 너는

나 찾았어,
이스터 에그

love, 버그

네가 새하얀 침대에 누워 있을 때 나는 따뜻한 우유를 미지근하게 만드는 중이었다 후후 불면 구멍이 생기고 우유 방울은 일어나기만 하고 벗어나진 않고 딱 그만큼만 후후 불면서 네가 주는 건 전부 머금어 달라고 속삭일 때 귓가에 들리는 벌레의 울음

컵이 미세하게 흔들린다

창가에 앉아 있는데 벌레가 많다 마주하는 벌레는 갈수록 통통해지고 죽으면 쩍 소리를 냈는데 어느새 다시 살아나고 이번에는 반드시 죽인다고 일어나 휴지를 가져오니 그새 죽어 있고 죽이지 않으려 하면 다시 살아나 내 주위를 날아다니는

벌레가 우유 안에서 흔들거린다
우유를 버릴까 하다
다시 창가에 앉아

우유는 여전히 하얗지 벌레가 가라앉으면 있던 것도 까
먹지 내 몸에서 나온 것도 모르지 알면서 모른 척하는지
정말 모르는지 나는 모르지
나는 망각을 좋아하고 또 잘하니까

네가 일어나 컵을 빼앗는다 침구는 조금 구겨졌지만 여
전히 새하얗다 우유는 아직 따뜻한데 손끝이 차갑다 네가
컵 안에 손가락을 집어넣는다 가장 깊은 곳에서 잠든 벌레
를 건져 내며

너는 운동 부족이야

미미는 어디로

물고기를 샀는데
내가 보일 때마다
죽은 척을 한다
배를 뒤집어 까며
나를 바라본다

친구가 장래 희망을 물었는데
장례 희망이라 답한 적 있다
죽은 물고기인 척
허공을 바라봤다

우리 집 천장이 무슨 색인지
기억나지 않고

두 발로 걷는 건 어딘가 이상했다

바닥에 구멍이 움푹 파일 땐

물고기의 눈이 떠올랐다

수많은 눈이 나를 바라보다

도망가듯 사라지고

눈을 꼭 감고

물고기는 눈을 감을 수 없으니

내가 할 수 있는 건

목적지를 잃어버렸다는 걸

잃어버릴 때까지

걷고 걷고 또 걷고

둥근 공원의 구석을 찾을 때까지

물고기는 머리를 몇 번이나 박고서야

그곳이 집인 줄 알았다

주먹으로 머리를 내리쳤다

눈을 뜨니 여전히 집이었고

천장은 무서운 청사과 색

어릴 때 쓴 일기장을 발견했다

특별하지도 애틋하지도 않았지만
왜인지 계속해서 읽고 싶었다
마지막 한 페이지를 넘기려는데
어느 순간 흠뻑 젖어 있는 손바닥과
우글거리는 어항의 표면

검은 물고기 본 적 있니? 그림자 같던 물고기

종이를 잘게 오려 물고기 밥으로 줬다
종이는 떠 있기도 가라앉기도 휩쓸리기도 하며
물고기 입 안으로
부드럽게 빨려 들어갔다

다음 날 텅 빈 눈동자가
온몸으로 나를 노려보는데

투명한 유리컵에 물고기를 옮겨
숨을 참고 천천히 들이켰다
개운하지도 미식거리지도 않았다
평온한 느낌이라면 고개를 약간 끄덕일 정도

바닥에 누워 천장을 바라봤다
자꾸만 낮아지고 나를 향해 밀려오는

나는 어쩐지 알 것만 같다

온몸의 구멍이 열리고
그 안에 웅크리는 게
오직 나일 때

천장은 무서운 투명의 색

지속되는 한밤과 여전히 알 수 없는 것들

다들 혼자일 땐 어떤 감정을 느끼는지요. 홀로라는 것은, 책임질 무언가 없다는 사실에 안심하다가도 나는 그무엇도 책임질 수 없는 약한 사람이라는 불안감이 새어 나오는, 오묘한 슬픔이 깃든 삶의 감각 같습니다. 그러나 곱씹어 보면 홀로라는 건, 내 안에서 새로이 태어나는 낯설지만 친숙한 존재를 맞이하게 되는 순간들입니다.

나 아닌 것들이 내 안에서 발 없이도 춤을 추는 순간. 이 생명체가 무엇인지 지금의 나로선 알 수 없지만 함께 춤을 추기 위해 어정쩡한 보폭을 내딛는 순간. 그런 시간들을 경유해 저는 저로서 서 있을 수 있게 되는 것 같습니다.

시간이 흐를수록 치기 어린 자신에 대한 감정을 재정의하고, 두려워하게 됩니다. 그때의 난 지금의 내가 무엇을 태어나게 했는지 알지 못했겠지요. 공책에서도, 노트북에서도, 메모장에서도 그런 흔적들은 쉽게 발견되고 쉽게 지워집니다. 백스페이스를 누르는 손끝은 단호하지만 떨림을 숨길 수 있는 건 아닙니다.

감당할 수 있은 슬픔만 겪고, 안일하고 싶습니다. 그렇지 못하기에 계속 글을 쓰면서도, 내가 글 쓰는 이유가 그것 때문이면서도 벗어나고 싶다는 모순이 있습니다. 만일 새로이 태어난다면, 현재의 땅을 밟고 지금을 숨 쉬는 내게 다른 숨이 주어진다면, 나는 나를 진정 사랑할 수 있을까요? 그러나 진정이란 단어는 진정 무엇일까요. 무엇이 내게 진정이란 단어를 안겨 주나요. 그렇기에 저는 사랑하려 합니다. 사랑이라는 거대한 단어 앞에 작아지기도, 움츠러들기도 하겠지만 악착같이 버티고 새로운 걸음을 내딛을 수 있길. 넓고 끝없는 사막에서의 한 발자국을 두려워하지 않는, 그런 힘을 지니고 살아갈 수 있길 소망하고 염원하며. 이 모든 사랑의 방식과 끝없는 춤을 추길.

걷는 게 숨이 차 건강앱을 확인해 보니 겨우 이천 걸음을 걸었을 뿐이더군요. 정확히 2055걸음이었습니다. 어떤 날은 만 팔천 보를 걸어도 집 가는 길이 가벼운데, 걸을 때 들었던 노래가 이상하게 전부 죽음과 관련되어 그럴 수 있고요. 지금 이 글도 길을 걸으면서 쓰고 있습니다. 신호가 아슬아슬한 줄도 모르고요. 단지 위태로울 뿐인데요. 그런 밤이 주는 마음을 빌려 올까 합니다.

2022년 겨울, 키우던 물고기가 죽었습니다. 그 작은 생명은 어찌나 여리던지 너무도 쉽게 죽어 버리더군요. 스스로에게 이런 울음이 나올 수 있다는 걸 처음 알게 된 날이었습니다. 물소리도 없이 고요히 잎 사이를 유영하지만 다른 집 물고기에 비해 유독 활발했던, 밥 먹을 때가 되면 겁 없이 물 위를 튀어 오르던 꼬마 유령이 그립습니다. 그저 작은 물고기 한 마리지만 이상하지요. 언젠가 책을 내게 되면 꼭 캐스퍼에 대한 이야기를 쓰고 싶다 생각했습니다. 네가 내게 안겨 주는 세계는 어항 밖의 모든 것이라 쓰고 싶었는데, 저는 추던 춤을 멈춘 채 다시 어정쩡한 스텝을 내딛는 법밖에 모르는 사람이 되었습니다.

그걸 이겨 내고 새로이 태어나는 것이 평생의 숙명이겠지요. 저는 끝없는 뱀의 옷을 입은 것도 같습니다. 버려진 옷들이 여기저기 널브러져 있습니다. 그 옷을 다시 주워 입고, 웅크리기만 해도 평화로운 때로 돌아가고 싶기도 합니다. 그러나 이제 작은 옷은 그만 입으려 합니다. 버려진 뱀의 껍질을 더 이상 주워 입지 않으려 합니다. 옷장을 열어 늘 그렇듯 검은 옷을 입으며, 탈피한 추위에 떨면서도 웃으면서 앞으로 나아갈 수 있길.

떨어진 물건을 줍기 위해 땅에 손을 댔는데 손톱을 파고들던 흙의 감각이 이상합니다. 부드럽고 축축하고 마치

　　　　　　　　3_춤을 처음 춰 보는 사람들을 위한

제 손을 놓아주지 않으려는 듯, 손톱 사이에서 벗어나지 않습니다. 누군가 저를 붙잡은 걸까요. 저는 기꺼이 손을 내밀려 합니다. 떠도는 사랑을 붙잡기 위해, 이 지속되는 한밤과 여전히 알 수 없는 것들을 마주할 용기를 만들기 위해.

익숙한 시간 속에 불시착, 불시착

누군가는 이걸 불안 증세라고 할지도 모르지만, 나는 종종 지하철을 타고 한강을 건널 때면 그런 망상에 빠지곤 한다. 어느 순간 하늘이 갈라져 벼락이 내리치고, 한강이 뒤집혀 다리가 흔들리고, 지하철이 산산조각 나듯 날아가게 된다면, 그 순간 나는 어떤 속도로 낙하하게 될까. 그걸 아주 멀리서 지켜보듯이 나는 상상한다. 한강을 건너는 2분 남짓한 시간 동안, 나는 나의 죽음을 여러 번 보았다. 그 죽음의 순간 속에서 나는 늘 더 이상 떨어지지 않기 위해 무언가를 잡고자 노력했다. 그 순간마다 나는 잘못된 것을 손에 넣었고, 잘못된 곳에 다리를 뻗었으며, 잘못된 것에 눈을 돌렸다. 매번 나는 나의 상상 속에서 흔들리는 지구와 함께 목숨을 잃곤 했다.

그런 상상을 하는 것이 왜인지는 모른다. 하지만 우리

는 종종 밀폐된 공간에서 창밖을 바라보며 그런 상상에 빠지곤 한다. 미끄러지는 선택들, 담을 수 없는 감정들, 부서지는 마음들이 그 순간 흘러넘친다. 그것을 감추는 것이 정상적인 것인지, 혹은 드러내는 것이 정상적인 것인지 나는 알지 못한다. 하지만 확실한 건, 현실을 살아가는 모든 인간은 그와 같은 절망을 한 움큼 손에 쥔 채 살아간다는 것이다.

내가 이가인의 시를 읽으면서 느끼는 건 그런 종류의 동질감이 아닐까 싶다. 처연하고 나약한 나머지 서슬 퍼런 감정을 숨기지 못한 채 살아가는 사람이 있다. 스쳐 지나간 소리에 자꾸만 귀를 기울이며, 그로부터 내면의 소리를 역산하는 사람이 있다. 그건 정상도 비정상도 아닌, 그저 인간 본연의 마음이다. 만약 창조주가 프로그래머라면, 우린 그렇게 코딩된 존재들일 따름이다. 그렇기에 우리에게 필요한 건 그런 마음을 지우는 방법이 아니라 그런 마음을 다루는 방법이라고 생각한다.

한없이 어둡고 스스로는 빛을 낼 수 없는 행성이 태양의 빛을 받을 때면 파랗게 반짝이는 역설처럼, 나는 이 시의 끝에 있는 것이 한 움큼의 절망뿐이라고는 생각하지 않는다. 때로 극단적인 우울감은 인간에게 그 무엇보다도 밝은 빛을 선사하곤 한다. 나는 이 시를 쓰는 사람도, 이 시를 읽는 사람도, 모두 그랬으면 좋겠다.

　그러기 위해, 우리는 먼저 이 감정의 끝까지 걸어가야
한다.

4

차찬텡

이은규

저글링을 즐겨한다. 저글링, 공이나 접시 따위를 연속적으로 공중에 던지고 받는 묘기. 시 쓰기와 일, 그리고 걷기와 여행을 비롯한 모든 이행들. 던진 공이나 접시 따위를 연속적으로 공중에 던지고 받는 일은 참 흥미롭다. 때로 힘차게 던진 공이나 접시가 공중에 그대로 멈추거나, 이름을 알 수 없는 어느 행성으로 사라져 버리기도 한다. 그럼에도 불구하고, 그도 저글링의 과정이라 생각하며 어찌 되었건 저글링 중이다. 무섭도록 충실하게 돌아오는 세 개의 공을 손에 쥐고 한밤의 저글링, 저글링.

☀ **행성 음악**
Billie Eilish <idontwannabeyouanymore>

나와 너와 귤과 탱자

오래전 시인은 가도 가도 왕십리, 노래하며 울었습니다
노래는 노래이고 울음은 울음으로 알고 있습니다만, 때로
원치 않는 주특기는 사절할 줄도 알아야겠습니다 그럼에
도 돌려주지 못한 낱말 하나가 목에 걸려 있는 것도 같습
니다 출처 없는, 목에 걸린 그 무엇은 둥글고 향기로워서
주머니 속 열매를 닮기도 했습니다 혀끝에서 맴도는 이름
보다, 새콤한 해질녘입니다 함께 읽었던 서사에서는 한 알
의 귤이 탱자가 되는 이치를 환경으로 보았습니다 서로의
환경이 되어 주던 시절은 지나갔습니다 그림자조차 밤의
웅덩이로 사라지는 중입니다 그렇습니다 귤이 탱자가 되
는 동안만 한 사람을 생각하기로 다짐합니다 단호하게 약
속을 약속해 봅니다 어기는 것으로 다짐하며 왕십리를 걷
습니다 문득 예기치 않은 모퉁이에서 한 사람을 만나게 된
다면 해질녘 산책을 산뜻하게 마칠 예정입니다 문득 너는

내게 물을 수 있습니다 주머니에 든 게 무엇이니, 나는 무해한 신발코를 바라보는 것으로 대신하겠습니다 눈 내리는 겨울밤 나눠 먹던 귤의 표정으로 말입니다 출처 없이 흩날리는 낱말이 밤공기 속으로 스며듭니다 후두둑, 어디선가 가시 돋친 탱자 한 알이 떨어져도 놀라지 않겠습니다 지구는 온몸이 부서질 정도로 아프지는 않을 것입니다 가던 길 계속 가겠습니다 가도 가도 왕십리, 노래하며 우는 방향 쪽으로 한 뼘 더

당인리 발전소

마음에 불을 지펴야겠다, 너는 말했다
그래 그럼 당인리 발전소로 출발

이번 생에 화력발전소는 못 세우고
꽃구경이라도 자주 가자 담합을 한 것

문득 다 뜻이 있어, 라는 말이 떠올랐는데
봄뜻
오는 뜻이 있으면 가는 뜻도 있을 텐데 가는 뜻은 영원
히 몰라도 좋았다

너는 물었다, 그런데 있잖아
이수일과 심순애의 장한몽에 당인리 풍경이 나오는 거
알고 있어

저 밤하늘의 둥근 달이 흐리거든 널 생각하며 흘린 눈물 때문인 줄 알아 했던 그 뉴웨이브 말이야

순애 고리대금업자에게 갔으면 잘 살지 병석에는 왜 눕누 돌아올 거면 가기는 왜 가누 수일도 적잖이 애를 썼는데 앙금이 없지는 않누
가까스로 해피엔딩은 어쩐지 때를 놓친 꽃 같고
쓸데없이 진지한 참견을 하며 발전소 주변 벚꽃 길을 걸었다

그런데 거짓말처럼 벚꽃이
아름답습니다
잎을 먼저 보낸 꽃이 해맑게 웃고 있다니 에너지가 대단한데 대단한데
그래 시인 이상이 쓴 꽃 속에 꽃을 피우다, 라는 문장이 비로소 완성되었구나 감탄하는 사이

갑자기 너는 바보야
에너지는 실체가 아니야
어떤 계산에 의해 작동되는 것

난 그런 어려운 이야기는 잘 모르겠고
지난봄을 깨끗이 잊고 피어오르는 저 벚꽃처럼

지속가능한 발전을 위해 노력할 것
자주 틀리는 맞춤법을 또 틀리기 위해

.

4_ 차찬텡

흰

섬에 도착한 직후
너는 도저히 참을 수가 없다고 했다
바다조차 힙하지 않으면

펠롱펠롱 별 대신
바다뷰 카페의 필라멘트 전구들이 눈을 감았다 잘도 떴
는데 힙하다, 는 말의 뜻을 나는 잘 몰랐지만
아 그렇구나

바람구두를 즐겨 신었던 랭보는
참을 수 없는 게 없다는 사실에 절망했다
그가 무기상이 되어 떠돌다 죽었다는 이야기는 아직 믿
기지 않았고

여기는 바람, 돌, 여자가 많대 아 그렇구나 다시 태어나면 정물이 되고 싶다던 한 사람의 이름이 떠올랐지만 금세 지우기 위해 노력했다

매진, 구좌 당근 케이크 먹기에 실패한 네가
팽 하고 토라진 것과 무관하게
다음 여정인 신당의 팽나무 한 그루 앞에 도착했다
소원 빌러 온다는 나무에는 흰 종이들이 가지마다 묶여 있었고

오래전 글을 모르는 사람들이 저 흰 종이를 가슴에 대고 소원을 빌었다고 하는데, 모든 소원에는 너무 긴 서사가 담겨 있고
금세 지우기 위해 노력했던 한 사람의 소원이
나뭇가지 어디쯤 매달려 밤바다 웅──웅 울 것만 같고

한 번도 가 보지 못한 곳을 그리워하는 사람처럼
내가 엉뚱해, 처음 와 본 바다를 오랫동안 그리워했다니

저기 붉은 동백 숲은 싫고 흰 까멜리아는 좋아
샤넬 미니 백 검색하던 네가 투명하게 웃고

오늘의 마지막 여정이 이어지고 있었다

바람구두도 없이, 해 저무는

차찬텡

우리의 아침을 상상해 볼까 홍콩으로 떠나 볼까 집이
아닌 방을 구하고 살아 볼까 남프랑스 아를에 자리했던 고
흐의 방처럼 좁지만 밝은, 아침이면 차와 식사를 함께 할
수 있는 차찬텡茶餐廳으로 갈까 간판 없는 간이식당의 단골
이 되어 매일 아침 뭉근하게 끓인 흰 쌀죽을 훌훌 마실까
금세 속이 따뜻해질까 차오를까 맛있게 잘 먹었다, 해맑게
웃을까 밀크티에 커피를 섞은 원앙차鴛鴦를 마시며 하루를
시작할까 한 쌍의 원앙이 될 수 있을까 여행 안내책에는
다음과 같은 문장이 쓰여 있지 잘 만든 원앙차는 커피와
밀크티 맛 어느 쪽으로도 치우치지 않는다 그러나 우리는
균형을 잡을 줄 모르고, Cha Chaan Teng Cha Chaan Teng
반복되는 노래의 후렴처럼 흘러가기를 즐겨 할까 테이블
회전율보다 우리의 시간이 빠르게 흐를까 집이 아닌 방이
좋아 식당보다 간이식당이 좋아 번듯한 우리가 아닌 우리

가 좋아 아무래도 떠나지 못할 우리가 좋아, 홍콩

터키 아이스크림

이제 우리 밀고 당김을 시작해 보자 밀고 당김으로 밀어를 속삭이자 밀고 당김으로 허공을 깨뜨리자 달콤한 마음을 망가뜨리자 밀고 당김으로 몸을 굽히지 말자 밀고 당김으로 착각하자 밀고 당김으로 춤을 추자 밀고 당김으로 시선을 빼앗자 밀고 당김으로 정지선을 넘어가자 밀고 당김으로 꽃잎처럼 흩날리자 밀고 당김으로 발을 내딛자 아니면 넘어지자 밀고 당김으로 실수하지 않는 실수를 반복하지 말자 밀고 당김으로 무해한 뇌를 선물하자 밀고 당김으로 모국어를 잊자 온 힘을 다해 하찮아지자 밀고 당김으로 눈앞이 하얘지자 밀고 당김으로 이정표가 되자 밀고 당김으로 아름다운 보호색을 가진 새인 척하자 약속처럼 가능하다면 밀고 당김으로 밀고 당김을 가려 보자 밀고 당김으로 예쁘게 용감해지자 밀고 당김으로 끝내 밀고 당겨 보자 밀고 당김으로 현기증을 견뎌 내자 밀고 당김으로 빙빙

도는 봄을 따돌리자 밀고 당김으로 그림자끼리 포옹하자

잠시 멈춤하자 다시 처음인 듯 밀고 당김으로

밤의 물체 주머니

단풍나무 씨앗이 여기 왜 들어 있을까

친절한 재배법, 묘판에 파종하여 10cm 자랐을 때 세 뼘
간격으로 옮겨 심는다 발아가 시작되면 건조하지 않도록
물을 준다

그 물체 주머니 있잖아요

단추와 주사위 그리고 고무공, 조개껍질과 돌멩이 사이에
웅크리고 있던 씨앗 봉투

지난가을 내내 헬렌과 니어링의 이야기를 읽었습니다
책 제목은 아름다운 삶, 사랑 그리고 마무리

그러나 나는 도무지 어렵기만 해요 아름다움도 삶도 사

랑도 마무리도, 웬일인지 그런 단어들을 떠올리면 괜히 마음이 뾰족해지고

작은 시골 마을 버몬트에서 메이플 시럽을 만들어 자급자족했다죠 상상해 봅니다 둥근 탁자에 앉아 있는 두 사람의 뒷모습을
그 사이 달콤했을 저녁의 공기를
시럽이 눌어붙지 않도록 나무 주걱으로 오래 젓는 일상, 일생

처음으로 함께 본 전시회 티켓과 여행 기념으로 나눠 가진 네잎클로버 키링 그리고 산책길에 주운 반은 푸르고 반은 붉게 물든 단풍잎
우리들에게도 물체 주머니가 있었던 것 같습니다

탁상시계 건전지함에 한 사람이 숨겨 놓은
시간이 이렇게 흘렀군요, 라는 쪽지의 문장이 들어 있던

그러나 나는 아직
한 사람을 포기하지 않고 한 사람을 사랑하는 방법을 모르고

몰랐으면 좋겠고

버몬트 숲 단풍잎이 붉게 물들어 갈 텐데
나는 지워진 한 사람의 이름을 오래 바라볼 뿐입니다
이제 물체 주머니는 열리지 않아요, 밤

단풍나무 씨앗도 잠드는

가도 가도 왕십리에서 버몬트 숲까지

시퀀스 1

우리 오래 격조했어요. 아니 어쩌면 초면인지도 모르겠습니다. 이제 출발할까요. 왕십리에서의 지연은 지역명에 각인되어 있습니다. 그렇기 때문에 과정적 여정만이 있을 뿐 최종 도착은 불가능한 것. 김소월 시인에게 가도 가도 영원히 다다를 수 없는 그곳은 어디일까요. "가도 가도 왕십리 비가 오네." 어쩌면 '마음'이라는 수심일지도. 약속처럼 수심이 깊어지는 계절이 돌아왔습니다. 언젠가 들어 보셨을지 궁금합니다. '귤화위지橘化爲枳', 환경 즉 기후와 풍토에 따라 귤이 탱자가 될 수 있다는 의미가 담긴 오래된 이야기이지요. 우리는 귤이 탱자가 되는, 탱자가 귤이 되는 모습을 슬로모션으로 지켜본 적 있습니다. 그러므로 세상의 모든 시는 아직 시가 아닌 것으로부터 출발해서 시로,

그리고 아직 시가 아닌 어떤 것으로 다시 일상에 스며드는 것 아닐까요. 귤이 탱자가 되듯, 탱자가 귤이 되듯. 언젠가 정물은 사라지고 결국 향기라는 이름만 남듯.

#나와 너와 귤과 탱자

시퀀스 2

이번에는 당인리로 떠나 볼까요. 당인리 발전소는 우리나라 최초 화력발전소라고 합니다. 잘 알려져 있듯 이곳은 유명한 번안 장편소설 『장한몽』의 또 다른 무대이기도 합니다. 소설 속 문장이 저 혼자 비장합니다. "순애야, 저 밤 하늘의 둥근 달이 흐리거든 이수일이 심순애를 생각하며 흘린 눈물 때문인 줄이나 알거라." 당시의 수많은 이수일과 심순애를 떠올려 봅니다. 둥근 달이 흐린 밤은 또 얼마나 무수히 많았을까요. 당인리 발전소가 있는 합정 근처에서 이수일과 심순애를 마주친 적이 있는 것도 같습니다. 우리들의 궁금증은 신파극 <이수일과 심순애>로 이어집니다. 신파新派와 New wave는 새로운 물결이라는 뜻이지요. 그러나 기표에 따라 발생하는 의미의 낙차가 큽니다. 시에서와 마찬가지로요. 그 물결들에 서핑을 할 수 있을 정도

입니다. 파도가 온다, 라는 문장을 좋아합니다. 파도는 언제나 오고 있으니까요. 저 멀리 저만치 오고 있을 파도여, 안녕.

#당인리 발전소

시퀀스 3

드디어 우리, 제주도 애월涯月 바닷가에 서 있습니다. 물가 애, 달 월이라니요. 이름마저 그윽합니다. 밤바다의 공기를 나누며 이렇게 함께 걷게 되다니요. 꿈인 듯 꿈이 아닌 것 같습니다. 그런데 인근 마을은 당산나무 정령과 힙함이 공존하기도 충돌하기도 하는 풍경이군요. 당산나무에도 힙함에도 그 무엇을 추구하는 정념이 가득했습니다. 정념이라니. 추구하는 바의 메시지와 방식의 차이가 두드러질 뿐. 당산나무는 오늘도 말없이 서 있고 붐비는 마음들만 주위에 가득합니다. 고개를 돌려 보니, 루프탑 와인바의 반짝이는 꼬마전구 사이로 힙함을 시전하는 두 관광객이 보입니다. 어쩌면 토박이일 수도 있지요. 오늘의 우리는 서사 속으로 들어갑니다. 그리고 서로의 생각을 나눕니다. 당산나무 정령과 힙함이라는 두 키워드를 통해 질문하는 일의 중요함에 대해서요. 그리고 믿음을 믿습니다. 두 키워드의 교차 지점에서 새로운 시적 질문이 탄생할 거라는 믿음을.

#흰

시퀀스 4

의외롭게도 홍콩 거리를 서성이고 있습니다. 아무런 목적 없이 차찬텡茶餐廳이라는 발음에 이끌려 이곳까지 떠나왔다면 믿을 수 있을까요. 무목적은 종종 자주 아름답습니다. 시에서의 리듬과 마찬가지로요. '차茶 식사餐를 할 수 있는 공간廳'은 가볍게 음식과 차를 즐길 수 있는 간이식당을 이르는 말이지요. 주로 홍콩식 프렌치토스트·밀크티·커피 등을 판매한답니다. 밀도 높은 밀크티는 여행객에게 잠깐의 활력을 가져다주는 데 그만이군요. 달콤하고 쌉싸름한. 어두운 골목을 지나다 거짓말처럼 배우 장만옥과 양조위를 만난다고 해도, 만나지 않는다고 해도 좋습니다. 우리들의 '화양연화花樣年華'는 아직 오고 있는 중이니까요. 하루에 한 번씩 차찬텡, 하고 발음해 보면 우리의 밀월여행이 이루어질 것 같은 느낌입니다. 꼭 밀월여행이 아니어도 좋

4_차찬텡

습니다. 골목에서의 마주침만으로도 긴 여정을 함께했다고 말할 수 있으니까요. 그렇게 믿으며 믿지 않으며.

#차찬텡

시퀀스 5

하늘은 파랗고 바람은 달콤합니다. 길가에서 마주친 아이스크림 덕분에 우리의 오래된 밀고 당김을 떠올리게 됩니다. '터키 아이스크림', 특유의 쫀득한 식감이 매력적인 데다 줄 듯 말 듯 장난을 치는 퍼포먼스 때문에 보는 재미까지 더해져 사랑을 받는. 자연에서 방목한 염소젖을 통에 넣고 주위를 얼음과 소금으로 채운 뒤, 쇠막대로 계속 저어 주는 전통적인 방식으로 만든다고 하지요. 바람은 달콤하고 하늘은 파랗습니다. 마티스의 그림 <댄스>(1909)를 떠올리는 것도 좋습니다. 그는 「화가에 관한 노트」라는 글에서 자신의 그림에 존재하는 모든 배열이 전적으로 표현적임을 밝힙니다. 그러면서 인물 혹은 물건으로 채워진 공간, 빈 공간… 이 모든 것이 저마다 그들의 역할을 갖고 있음을 강조하고 있습니다. 그러한 의미에서 '댄스'의 주인공은 춤을 추는 사람들이 아닌 움직임 그 자체입니다. 시에서의 기표와 기의 역시 끊임없이 미끄러집니다. 그 현기증 나는 미끄러짐이 좋아요. Shall We Dance?

#터키 아이스크림

시퀀스 6

이제 우리 캐나다 버몬트 메이플 숲을 떠올려 볼까요. 스콧 니어링과 헬렌 니어링의 초대를 받은 것이지요. 그들의 『아름다운 삶, 사랑 그리고 마무리』를 읽으며 가을과 겨울이 가고 옵니다. 밑줄을 긋기도 밑줄을 지우기도 하면서 말이지요. 계절보다 계절감이 좋습니다. 어쩌면 우리에게 사랑도 마무리는 너무나 먼 이국의 숲을 그려 보는 일과 같습니다. 그보다는 메이플 시럽 몇 방울 떨어뜨린, 갓 구운 와플을 나눠 먹는 건 어떨까합니다. 가을이라고도 겨울이라고도 할 수 없는 어느 시간에 말이지요. 그때의 메이플 시럽은 그 어떤 달콤함보다 빛나겠지요. 시간은 메이플 시럽처럼 흐르고 흐릅니다. 언젠가 잊고 있던 물체 주머니에서, 그 와플 사진을 발견하게 된다면 이미 따뜻할까요. 벌써 쓸쓸할까요. 미리 단언하기보다 예감하겠습니다. 그 예감의 힘을 믿어 보기로 합니다. 우리 오래 격조했어요. 아니 어쩌면 초면인지도 모르겠습니다. 이제 출발할까요.

#밤의 물체 주머니

차찬텡, 차찬텡, 소리 내어 말하면

그런 말들이 있다. 의미는 알지 못해도 단지 어감과 발음만으로 마음속 깊숙하게 스며드는 말들. 그럴 때면 있는 힘껏 진심을 다해 발음해 보곤 한다. 어설픈 발음과 불안한 목소리로 '차찬텡, 차찬텡', 마치 그것이 마법의 단어라도 되는 것처럼, 그래서 무언가가 이루어질 것처럼.

홍콩에 사는 사람들이 이 광경을 보게 된다면 무척 비웃을 것이다. 그건 외국인이 잔뜩 진지한 표정으로 '순두부, 순두부' 주문을 외우는 것과 마찬가지일 테니까. 하지만 신기한 건, 그렇게 주문을 외우다 보면 무언가 정말 일어나기도 한다는 것. 그게 '차찬텡'이든 '순두부'든, 우리에게 낯선 단어이기만 하면 된다. 단지 그것만으로도 세상은 다른 빛깔로 빛나기 시작하고, 우리는 마치 어디로든 언제

든 떠날 수 있는 사람으로 변한다. 그건 정말 마법 같은 일이다. 세상을 변하게 하는 것이 아니라, 나의 마음을 변하게 하는 마법의 주문.

하지만 이은규의 시를 읽을 때면 그런 생각이 들곤 한다. 그것이 꼭 낯선 이국의 단어일 필요조차 없다는 생각. 어쩌면 그건 "당인리 발전소"나 "터키 아이스크림", 혹은 "탱자"와 같이 낯익고도 익숙한 단어여도 괜찮을 것만 같다. 그의 시는 종종 하나의 단어를 오래도록 바라보며, 그 것을 다양한 각도로 돌려 보며 이야기를 풀어내곤 한다. 예컨대 당인리 발전소에서 우리가 잊고 있던 사랑의 비사를 꺼내어 보는 것처럼, 혹은 탱자를 바라보며 이제는 우리가 서로의 조건이었던 시절이 지났음을 기억해 내는 것처럼. 그 순간, 익숙했던 지명과 사물의 이름은 다른 의미를 지닌 새로운 사물로 태어나곤 한다.

그럴 때면 마치 이런 속삭임을 듣는 것만 같다. 중요한 건 단어가 아니라, 그걸 오래도록 소리 내어 말하는 마음이라고. 진심으로 무언가 이루어지길 바란다면, 혹은 내가 다른 마음으로 세상을 살아갈 수 있기를 바란다면 어떤 단어가 되었든 상관없는 거라고. 다만 오래도록 머금으면 될

뿐이라고. 생각해 보면 모든 사물이 그렇다. 어떤 맛과 향은 오래도록 입 안에 머금고 있을 때에만 느낄 수 있다.

　그러니 소리 내어 말해 보길. 그것이 차찬텡이든, 알함브라든, 뉴욕 스테이크 하우스든, 혹은 게살버거든 상관없으니 당신의 목소리를 담아 보길. 중요한 건 오래도록 발음하는 것, 그리고 진짜로 무언가 이루어지리라고 깊게 믿는 것. 그러다보면 세상이 변하진 않더라도, 우리가 변해 있을 테니까. 그건 꼭 나쁜 것만은 아니니까. 그러니, 차찬텡, 차찬텡. 영화 속 한 장면처럼 간이식당에서 우연히 만날 날을 기다리면서. 차찬텡, 차찬텡, 이국의 소리를 입 안에 머금는다.

5

까맣고
못생긴
작고 슬픈

차성환

요즘에는 주로 무엇을 사는 것에서 사건이 시작한다. 책보다 옷이 좋다. 무엇을 사려고 일을 하고 가끔은 무언가의 숙주가 되어서 그렇게 사는 것 같다. 오토바이를 타고 싶다. 아무도 없는 바다에서 수영하는 꿈을 자주 꾼다. 물속에 들어가면 기분이 좋다. 최근에는 맨발로 흙길, 모래사장, 황톳길 걷는 걸 좋아한다. 혼자 있는 걸 좋아하고 사람들 사이에서 쾌활하다. 게장과 소고기를 좋아한다. 빗소리를 좋아한다.

✳️ **행성 음악**
　John Cage <4분 33초>

나의 개

시골 장에서 까맣고 피부병이 걸린 못생긴 개를 샀다
귤 장수 할머니는 손목에 묶인 개 줄을 내게 건네고 노잣
돈 2,500원을 받았다 황천길이 멀지 않았다나 이 불쌍한
것을 잘 부탁한다면서 앙상한 손으로 귤을 어루만진다 자
세히 보니 귤에는 하얗고 푸른 곰팡이가 덮여 있다 내가
지적하자 귤 장수 할머니는 아니야 아니야 소리를 지르며
허겁지겁 귤을 바구니째 까 잡숫고 황천길로 떠난다 이제
는 내가 널 돌보마 내가 너의 주인이다 개를 앞장세워 걷
는 마음은 이상하게 뿌듯하고 자랑스러워 나의 사랑스런
까만 개여 나도 개가 생겼다 혹시 썩은 귤 냄새 나는 할머
니가 그리운 거는 아니지 썩은 귤을 먹으면 썩은 귤밖에
더 되겠니 우리 집에 가서 목욕도 하고 밥도 먹고 같이 잠
도 자고 산책을 하며 지는 해도 같이 보자 나는 혼자고 끝
까지 혼자고 혼자여서 내가 외로울 때 너는 작고 붉은 혀

5_까맣고 못생긴 작고 슬픈

로 내 발등을 핥고 나는 네 검은 털을 손가락 사이로 쓸어 주리라 개는 글썽이는 눈빛으로 나를 올려다보고 나는 어깨를 들썩이며 우쭐거리다 순간 줄을 놓쳤을 때 빈 벌판으로 쏜살같이 도망치는 나의 개여 그곳에는 아무것도 없다 나무 한 그루 없이 지평선만 끝없이 펼쳐진 황무지 낮에는 작열하는 태양과 밤의 지독한 어둠 속에 늑대 울음소리가 들리는 저 빈 들판에 너의 무덤만이 있다 금세 허기진 얼굴로 굶주린 배로 풀이 죽어 다시 내게로 돌아올 나의 개여 허옇게 튼 입술을 달싹이며 배고파서 그랬어요 말을 하면 나는 아이고 배가 고파서 그랬구나 호주머니에서 기쁘게 귤을 꺼내 주리라 까맣고 못생긴 작고 슬픈 나의 개여

버섯

가죽 소파에 앉아 있던 친구가 버섯으로 변해 버렸다 먹어 버릴 수 있지만 참기로 한다 친구가 독버섯이면 나는 죽을 수도 있다 내가 버섯을 먹으면 친구는 영영 다시 돌아올 수 없다 나는 죽기도 싫고 친구를 잃기도 싫다 내 마음을 아는지 모르는지 버섯은 말이 없다 조용하다 나는 버섯을 먹고 싶지만 조용히 참는 중이다 조용한 버섯 너도 시끄러울 때가 있었지 너는 더 훌륭한 존재가 된 것 같다 버섯을 오래 보고 있으면 나도 버섯이 될 수 있겠다는 생각이 든다 버섯버섯 소리치면 버섯이 될 수 있을까 버섯이 친구로 돌아오길 기다리는 중이다 내 몸에서 버섯 냄새가 난다 버섯의 순간이다 버섯을 생각하며 한 마리의 큰 버섯이 된다 이 침묵과 냄새가 좋다

5_까맣고 못생긴 작고 슬픈

캐시미어100

따듯한 나라에서 만든 스웨터를 샀다 주문하자마자 벨이 울려 나가 보니 삐쩍 골은 양 한 마리가 추위에 떨고 있었다 털이 다 깎여 군데군데 찢어진 상처에서 피가 나오고 이게 어떻게 된 일인가요 전화로 항의했지만 연신 사과만 할 뿐 해외직배송이라 시간이 좀 걸립니다 문밖의 양은 억울한 표정으로 문짝을 뜯어 먹기 시작했다 우선 집에 들여 마시멜로가 들어간 핫초코를 마시게 한다 내 눈치를 보더니 식탁에 앉은 채로 존다 내 스웨터는 남쪽 섬에서 양털을 짜는 중이다 양털에 파묻힌 직공들이 땀을 흘리는 한여름 속에 있다 나는 애인도 없고 따듯한 겨울을 보내려던 것뿐인데 알프스에서 온 난민과 방을 같이 써야 한다 냄새나고 코를 고는 양 한 마리와

꽃

등에 꽃이 피었다 손이 닿지 않는 곳에 꽃이 피어 꽃은 안전하다 나는 불안전하다 꽃의 뿌리가 간지럽고 근질거려 애인에게 뽑을 것을 지시했지만 애인은 거절한다 애인은 채식주의자다 꽃을 사랑한다 꽃봉오리가 만개하면 잡아먹을 심산이다 나야 꽃이야 다그쳐도 살살 등만 긁어줄 뿐 꽃은 뽑지 않는다 나는 윗옷도 입지 못하고 등짝을 열고 다닌다 꽃이 죽으면 애인한테 나도 죽는다 나는 정작 한 번도 보지 못한 꽃잎의 개수와 색깔을 맞혀 보라고 애인이 퀴즈를 낸다 있지도 않은 꽃이 피었다고 한 건 아닌지 미심쩍지만 등짝에 핀 꽃 때문에 요즘 애인하고 부쩍 사이가 좋아졌다 내가 쓸모 있어진 것 같아 나쁘지는 않다 가려움에 환장하겠지만 우리 둘은 내 등짝에 핀 꽃 때문에 사랑하는 것 같기도 하다 꽃이 잡아먹히면 애인의 등짝에 호미로 밭을 갈아 내가 좋아하는 방울토마토가 자

5_까맣고 못생긴 작고 슬픈

랐으면 좋겠다

속눈썹

　나는 속눈썹이 몹시 예쁘고 길어서 물을 주고 관리만
잘한다면 무럭무럭 자라나 속눈썹 꼬리가 하늘을 향해 멋
지게 뻗친 깃털을 가질 수 있을 거고 요것 보세요 이 작은
깃털 하나가 나는 기뻐서 온 동네를 뛰어다니며 자랑을 하
느라 잠을 잘 수가 없고 시간이 아까워 이 아까운 깃털이
사라지지 않게 사라지기 전에 이 깃털의 검은 빛깔과 냄새
와 무게와 삐침과 온도와 분위기와 어울림을 더 많은 이에
게 알리기 위해 속눈썹이 휘날리게 늘 분주하게 뛰어다닐
텐데 깃털은 너무 가볍고 가벼워서 세상 사람들이 지켜워
하는 어느 날 나는 깃털에 붙들려 하늘로 날아갈 수도 있
을 거고 그렇게 천사처럼 뭉게구름 위에 쭈그리고 앉아 이
지겨운 속눈썹을 쥐어뜯으며 엉엉 우는 날이 오겠지 뜯겨
진 속눈썹 아래로 피눈물은 비처럼 바닥에 흩뿌려지겠지

　　　　　　　　　5_까맣고 못생긴 작고 슬픈

리미티드 에디션

전 재산을 주고 굉장히 멋진 팔찌를 샀다 팔찌를 사려고 줄을 서던 사람들이 옷을 찢으면서 절벽으로 몸을 던지고 나는 보란 듯이 팔찌를 흔들다가 그만 잠에서 깼다 팔찌를 두고 왔다 일어나 매장으로 뛰어나가는데 집에서부터 줄을 서야 했다 이상해서 이것도 꿈인가 그래도 팔찌를 두고 올 수 없어 지루하게 한참을 기다렸다 매장 앞에 솔드 아웃이 뜨자 사람들이 비명을 지른다 나도 어쩔 수 없이 절벽에 몸을 던지고 잠에서 깼다 밍밍한 손목을 쓰다듬는다 잃어버린 팔찌 때문에 잠이 안 온다 검은색 가죽에 금장 락스터드가 둘러진 세상에 하나뿐인 팔찌

희미한 슬픔만 남았으면 좋겠다

나는 어렸을 때 작은 배지를 항상 몸에 지니고 다녔다. 지금은 어떻게 생겼는지도 기억나지 않는다. 둥글고 하얀색이고 한 손에 쏙 들어가는 크기였다는 것밖에. 만화 속 캐릭터 따위가 그려져 있었을 것이다. 학교에 들어가기 전의 아이들이 그러하듯이 나는 유난히 쓸데없이 혼자서 소리를 지르며 골목을 뛰어다녔는데 일부러 몸이 지치게 하려고 그랬던 듯하다. 멍청이의 생각을 어떻게 알 수 있을까. 달리기를 하다가 힘이 부칠 때 호주머니에서 그 배지를 꺼내 손에 쥐면 갑자기 초인적인 힘이 생기는 것 같았다. 그리고 실제로 더 멀리 더 빠르게 더 힘차게 달릴 수 있었다. 부스터(booster) 버튼! 배지만 있으면 아무도 나를 해칠 수 없다고 믿었다. 어느 날 막다른 골목길에서 시시껄렁한 놈들에게 둘러싸여 얻어터지기 전까지는.

시를 쓸 때면 오래전에 잃어버렸던 배지를 손에 쥔 것

같은 기분이 든다. 나에게 시는 나 혼자만의 내밀한 자폐적인 놀이에 가깝다. 남들은 잘 모르는 나만의 방식으로 무언가를 끄적인다. 한순간에 달려 나가듯이 잘 놀아질 때도 있지만 지지부진 허방을 헤집으며 스스로 놀이를 망칠 때도 있다. 그래도 누군가 나의 놀이를 좋아해 줬으면 좋겠다. 내 놀이터에 잠시 머물다가 떠날 때 씨익 웃었으면 좋겠다. 새끼, 잘 노네. 나는 어디까지나 시는 놀이라고 믿는다. 이 놀이로서의 시가 '나'를 다른 곳으로 옮겨 놓을 수 있을 거라고 믿는다. 무언가를 바꿀 수 있을 거라고 믿는다.

자율적으로 움직이는 문장에 대한 꿈이 있다. 하나의 문장에서 모든 것이 시작한다. 내가 쓰는 것이 아니라 '쓰여진다'라고 밖에 말할 수 없는 순간. 고삐 풀린 듯이 달려 나가는 문장의 속도를 이기지 못하는 순간. 드문 순간이기는 하지만 내 의식과 통제에서 벗어난 시 쓰기에 이를 때 낯선 쾌감이 있다. 미친놈처럼 허겁지겁 받아 적는다. '반의식' 상태라고 할까. 시에 대한 통제력을 희미하게 잃어야 한다. 시는 내 손아귀에서 벗어나 어떤 자율적 존재로 작동해야 한다.

내 시는 잘 만든 시이기보다는 뭔가 놓쳐 버린 시이다. 마감이 덜된 시이고 미완의 시이고 실패의 시이다. 그렇기 때문에 대부분 보기 좋게 실패한다. 성긴 언어의 틈에 무언가 꿈틀거리는 것이 있다. 예상치 못한 것들이 달라붙어 낯선 이형異形들이 만들어지고 흩어진다. 언어로 포획되지 않는 어떤 영역에 잠깐 머뭇거리다 돌아온다. 내 시는 그 실패의 기록이다. 시는 무언가 잘못된 이물질이다. 불현듯 떠오르는 이야기가 있다. 악몽 같기도 하고 터무니없는 거짓말 같기도 한 이야기. 쓰지 않으면 안 될 것 같은 이야기가 있다. 그 이야기는 대부분 이상해서 가위에 눌려서 말이 잘 나오지 않는데, 이가 벌어지지 않아 꽉 다문 이를 갈면서 싸우듯이 계속 말해야 한다. 어떻게든지 쓴다. 시를 쓰고 있는 나도 그 결말을 알지 못하기 때문에 시의 마지막에 가서 어리둥절해진다.

나는 잡초 같은 시를 쓴다. 잡초는 의미가 없다. 그저 자란다. 잡초 너머에 잡초가 있다. 방향과 목적이 없는 시 쓰기가 어디에 닿을지는 나도 모르겠다. 길을 잃고 헤매다가 당도한 곳. 결국에는 도달해야 하는 곳. 기이한 고요함만 남았으면 좋겠다. 희미한 슬픔만 남았으면 좋겠다. 내 시는 작법도 없고 의미도 없고 그냥 쓴다. '시'가 되고 안 되고를 넘어서 그냥 쓴다. 잡초처럼 쓴다. 나는 많이 실패하고 실망하고 우울하겠지만 나는 그곳에서 시를 쓴다. 그것들이 쓴다. 그것들이 쓰고 있다.

플라톤의 『향연』 말미에 미소년 알키비아데스가 잔뜩

5_까맣고 못생긴 작고 슬픈

술에 취한 채 피로연 자리에 들이닥친다. 자신의 사랑을 받아주지 않는 소크라테스에게 원망 섞인 말을 하면서 그에게는 다른 특별한 무언가가 있음을 주장한다. 알키비아데스는 소크라테스를 이미지(image)에 빗대어 설명하는데 그의 외형이 그리스 신화에 나오는 대머리에 배불뚝이 몸을 한 반신반인의 실레누스와 닮았다는 것이다. 소크라테스 입장에서는 살짝 기분이 나쁠 수 있는데 여기에 극적인 반전이 있다. 당시에 실레누스 형상을 한 상자는 아갈마(agalma)라고 하는, 신에게 바치는 귀한 성물聖物을 보관하는 데에 쓰였다. 소크라테스는 이 실레누스 함처럼 그 자신 속에 귀한 아갈마를 품고 있다는 이야기이다. 이어 알키비아데스는 소크라테스가 숨겨 둔 아갈마가 얼마나 뛰어나고 아름답고 놀라운지를 경탄하면서 찬양에 가까운 언사를 퍼붓는다. 그러나 소크라테스는 나에게 그런 것은 없다고, 나는 아무것도 아니라(nothing)고 말한다. 그저 텅 비어 있는 실레누스 함으로서의 자신을 드러낸 것이다.

　라캉은 사랑에 대해 갖고 있지 않은 것을 주는 것이라고 정의 내린다. 아갈마는 내가 사랑하는 그가 가지고 있을 거라고 여겨지는 욕망의 대상이다. 그러나 그것은 그가 가지고 있지 않은 것이며 어디까지나 나의 도취된 사랑의 감정에 의해 상상된 어떤 것이다. 결국, 사랑하는 연인이 서로에게서 강렬하게 원하지만 실상은 서로 가지고 있지 않아 줄 수 없는 것이 바로 이 아갈마이다. 그것이 존재하기 때문에 욕망하는 것이 아니라 거꾸로 우리의 욕망이 그것을 만들어 낸다. 사랑은 서로의 결여를 탐하는 것이 된다. 시 「꽃」에서 내 등짝의 '꽃'이란 아갈마를 발견한 애인처럼, 그리고 애인의 등짝에서 '방울토마토'가 자라기를 꿈꾸는 '나'처럼.

사랑의 상실은 사랑받는 대상(에로메노스)이 사랑하는 주체(에라스테스)로 자리바꿈할 수 있는 기회를 준다. 그것이 시의 기적인 메타포(metaphor)이기도 하다. 끝나지 않을 것 같은 욕망의 미끄러짐, 환유의 대체 과정에서 예상치 못한 사건이, 발바닥의 맨살을 찢고 못이 들어와 박힌다. 메타(meta-)는 위치/상태의 변화(change)와 더 높은, 초월한(beyond, more than)을, 포(phor)는 옮기다(carrier)라는 이동을 뜻한다. 결국 메타포는 주체와 대상 사이의 결여를, 그 간극을 건너간다는 것을 의미하지 않을까. 우리의 내밀한 사랑 바깥에서 만들어진, 타자가 만들어 낸 흔한 방식의 메타포가 아니라 새로운 사랑의 발명으로서의 메타포 말이다.

나의 시는 실레누스 함이자 나의 결여이다. 그 안에는 다양한 이미지와 사물들이 환영처럼 일어났다 스러진다.

5_ 까맣고 못생긴 작고 슬픈

그곳에 아무것도 없다고 해도 나는 욕망하기를 멈추지 않는다. 잡초는 자라기를 멈추지 않는다.

계속 걸어 볼까, 산뜻한 슬픔의 속도로

세상의 모든 사물은 스스로를 가치 있고 의미 있는 것으로 위장한다. 그래서 나는 가끔 숨이 막힌다. 그 모든 가치와 의미를 식별하는 것이 너무나도 피곤하게 느껴진다. 그러다 보면 역으로 이 세상 모든 것들이 별 가치도 의미도 없는 골동품 상점 같다는 생각이 들곤 한다. 자신이 엄청나게 위대한 역사와 가치를 지녔다고 믿는, 그러나 실상은 돈이 급해 팔려 왔을 뿐인 낡은 물건들의 공동묘지. 세상에 사연 없는 물건이 어디 있겠어. 그러니 사연은 중요하지만 그 모든 걸 내가 중요하게 여길 필요는 없다고, 심호흡을 하는 마음으로 되새기곤 하는 것이다.

수많은 사물들이 따라갈 수 없는 속도로 눈앞을 스쳐지난다. 이 모든 것이 중요하다고 생각하자면 착란에 빠질 것만 같은 기분이 든다. 감당할 수 없는 수많은 사물들이 형형색색의 빛깔로 빛나지만, 나의 눈은 하나도 변하지 않아서 이 세상의 속도를 따라갈 수 없을 것만 같다. 만약 당신이 그런 삶에 지쳐 있다면, 이 시편을 처방전으로 권하고 싶다.

차성환의 시는 빠르게 읽힌다. 어려운 단어도 없고, 폼재는 단어도 없으며 한껏 무거운 표정으로 심각하게 말하는 단어도 없다. 수많은 단어가 빠른 속도로 회전하지만, 화자는 그것들을 늘 가벼운 눈길로 바라본다. 그렇다고 해서 이 화자가 착란에 빠져 있거나 세상의 속도에 적응하지 못한 부적응자와 같다는 말은 아니다. 다만 알고 있는 것이다. 자신의 눈을 스쳐 가는 모든 사물들보다 중요한 하나가 있다는 것을. 그리고 그건 눈으로 포착할 수 있는 것이 아니라는 것을. 그러니 때로는 의뭉스럽게, 혹은 자기도 잘 모르겠다는 투로, 가끔은 전혀 딴소리를 하며 세상의 속도와는 상관없이 자신의 속도를 가질 수 있는 것이겠지.

어쩌면 세상을 산다는 건 그렇게 어렵고 힘든 일이 아닐지도 모른다. 내가 차성환의 시를 읽을 때면 매번 드는 생각이다. 누군가는 따뜻하고 차분한 시가 힐링이 된다고 하겠지만, 나에게는 이 의뭉스러움과 유난 떨지 않는 포즈가 진짜 힐링처럼 느껴진다. 뭐 어때, 난 그냥 내가 좋아하는 거 보면서, 우스운 소리나 하면서, 수다나 떨래. 눈앞에 있는 이것 좀 봐. 이 버섯 정말 멋지게 생기지 않았어? 와, 이 꽃은 정말 맛있게 생겼어. 그런 말들을 정신없이 하다 보면 세상의 속도 따위 나와는 정말로 상관없는 일이 되는 것이다.

그래서 나는 그가 정말로 진지하게 세상을 살아가는 사람이라는 생각이 든다. 나처럼 바보같이 세상의 속도에 휘말리지 않고, 자신이 걸을 수 있는 최대한의 속도로, 타인과 수다를 떨 듯 시를 쓸 수 있는 사람은 흔하지 않다. 사소한 물건에 애착을 가지는 건 누구든 할 수 있는 일이지만, 그 애착을 이토록 가볍게 이야기할 수 있는 사람은 흔하지 않다. 그러니 나는 그가 이런 사람이라고 생각한다. 존재의 가벼움을 참을 수 있는 사람. 그래서 그 가벼움을 가볍게 웃으며 말할 수 있는 사람. 그 가벼움을 견딜 수 있는 진지함을 가진 사람이라고.

6

위성들
위성들
위성들

이윤우

나는 이름이 여러 개다. 아들, 오빠, 형, 이X훈, 마X꼬, 이
윤우. 잘하고 있는 일은 아직 없다. 언젠가 각인된 말을 되
뇐다. 도전. 길어지는 도전 속에서 매듭짓는 법을 배우려
고 한다. 각각 다른 매듭법으로 살아가는 사람들. 좋다. 시
쓰기도 좋다. 잘하는 것은 별개의 문제다. 침범당하지 않
는 나의 공간. 그곳을 사랑한다. 세상의 일부를 가장 많이
사랑하고 세상의 대다수를 진심으로 사랑한다. 예의가 바
르고 현명한 사람을 존경한다. 모든 음식을 좋아한다. 함
께 먹는 것을 더욱 좋아하고, 가족을 가장 좋아한다.

❋ 행성 음악
Matt Hansen <Somewhere only we know>

인스타그램
ssupermarco

상영

제자리에 있다
모든 것들이 여전히

벽에는 굳어 버린 사슴의 머리가 걸려 있고 언제 벗어
놓았는지 모를 신발 한 켤레 액자 안에 있는 사진 한 장 유
리에 박제되어 있다 비스듬한 의자에는 누군가의 흔적을
발견할 수 없고 창틈에서 불어오는 밤의 냄새

어둠의 긴 장막이 쳐지면
영화가 시작될 것 같은데
커튼이 세상의 모든 색을 숨길 때
눈이 감긴다

우리가 별이 될 수는 없을 것이라고 말했던 당신은 별이 되는 이야기 세상의 가장 아름다운 것들은 별이 된다고 말했던 당신의 말은 바람의 내레이션으로 시작되는 이야기 창문은 얼음처럼 차가워져 반짝이고 어둠과 어둠 사이에 있던 깊은 어둠을 멈춰 세우고 하나씩 그 밤을 나눠 가지는 두 배우가 등장하는 이야기 나는 그 장면을 아름다움이라고 생각했고

모두 눈을 감는 밤에만 펼쳐지는 이야기는
한없이 포근하고

박제된 눈동자에서 찾을 수 없는
이야기의 밖에서
찾아야만 했던 기억의 한편
제자리에 있고

방황은 어차피 지나간다는 듯이
잊어버리고 나서야 완성되는 기억처럼

관객을 기다리지 않는 곳에서
여전히 제자리에 있다

모든 것들이

작고 의미 없는 것

너는 넘어진다.

가로수와 가로수 사이 다시 일어나 몇 걸음을 걷고 금세 넘어진다. 다시 일어났다 한 번 더 넘어진다. 움직임이 멈추자 풍경이 지나간다. 가로수와 가로수 사이를 발견하지 못하는 너는 생각에 빠진 듯했다. 어느새 그림자와 함께 고인 채로. 무릎을 꿇고 기도하듯 잠드는 의식. 익숙한 의자에 앉는다. 너는 개미처럼 작아진다. 개미는 커다랗게 자라나기 시작한다. 거대해진 몸으로 빌딩을 밀치며 지나가는 행렬. 더듬이가 찾아낸 방향으로 일어난다. 직사각형의 배열이 덧셈과 뺄셈 그리고 곱셈을 거치면서 늘어지는 공식처럼. 하얀 종이를 검게 수놓으면 점에 도달하고. 종이의 표면이 미세하게 늘어난다. 글자가 만들어진다. 거칠게 달려드는 머리. 한쪽에 물드는 지문과 사이사이 버려지는 검게 변한 지우개 조각. 명칭이 없는 행동은 반복되고 개미는 빌딩에 끼여 몸을 흔든다. 한참이 지나면 빙글 돌아오는 여정. 눈앞의 괴물 같은 개미는 흔적 없이 사라지고. 가로수와 가로수 사이 바닥에 스며든 가로수가 보인다. 내려다보는 그림자는 숨을 죽이고 바닥에서 일어나는 긴 백지 한낮에 흔들린 빌딩을 채우지 못하고 비가 내리면 하수구로 흘러가는 개미가 있다. 너와 내가 걸려 있는 늘어진 목 같은.

붉은 잔

너는 울고 있다 붉은 잔 안에서 작은 원을 그리면서 흔들리는 손마디마다 고개를 숙이고 눈을 감은 채 떨려 오는 와인 잔의 베이스 손끝의 떨림 너의 발자국 소리는 내 주위를 맴돌고 있다 가쁘게 달려온 것 같은 네가 잠시 숨을 고르는 사이 나의 그림자는 너를 짓밟는다 잠시 들었다가 내려놓은 잔 속에는 일렁이는 스탠드와 흩어지는 담배 연기 어둠 속에 스며들어 가는 불씨 속에서 너는 사라지고 있다 와인 잔을 따라 그려진 동그라미는 책상 위에 그대로 놓여 있고 검게 물든 테두리를 내려다본다 피멍이 든 것처럼 번져 있는 환영 무한히 깊어지는 어둠과 어둠의 사이를 쓰다듬는 목소리가 있다 너의 방은 책으로 가득 차 있다 서재 안에서 보이는 작고 둥근 테두리는 색이 없고 익숙한 노랫말이 바닥으로 떨어진다 흥얼거리는 너의 한낮 겹겹이 쌓여 가는 테두리와 테두리 주변에는 몇

번의 흔적이 묻어 있다

향으로 가득한 여백

　선인장에서 돋아난 너는, 매일 날카롭게 자라나고 있다 선인장은 아직 꽃으로 가득하다 물에 젖은 흙냄새 무너지지 않은 돌덩이 사이사이로 말라 가던 씨앗이 뿌리를 내린다 그림자를 타고 내려가는 시간은 흐르지 않는 모래알로 채우고 가시에서 터져 나오는 살점 바닥에 떨어지자 모래알이 된다 살아남은 것이 없다는 소식은 전해지지 않았다 처진 주름은 겹겹이 쌓이고 누구도 피로 물들게 하지 못하는 가시가 태어나는 이유가 있다 새는 지나가고 밤과 낮이 그림자를 움직이는 사이 예고 없이 달려드는 모래와 휘감는 바람에 맞서는 이유가 있다 가시의 끝에서 갈라지는 모래바람 등을 맞대고 노려보며 지키는 자리 과거에서 미래로 영원토록 이어지는 지평선에도 이유가 있듯이 보이지 않아도 피어날 꽃의 자리와 작고 작은 온몸으로 도달하지 않기 위해 맞서는 곳에는

가시가 있다

향으로 가득한 여백이 있다

6_위성들 위성들 위성들

사막의 꽃

돌을 쌓는다
돌들이 여기저기 널브러진 정원에서
한 걸음마다 가슴에 얹고

쌓아 놓은 돌무더기 옆, 그림자는 더 깊어지고
숨을 고르며 돌멩이 하나 더 집어 올릴 때마다

지저귀는 새의 검은 그림자
가시둥지의 안식
버리지 못한 새의 깃털
언젠가 날아오를 것 같고

누구의 의지였을까,
돌멩이 하나 더 집어 탑을 쌓는다

여기저기 튀어나와 쌓인 돌무더기
그림자는 길어져만 가고

사막을 이루는 모래알들 속 그림자에 대하여 생각한다

파도가 울고 하얀 거품이 올라오는
한때는 바다였을 그곳에서 거기,

바람을 맞으며
바람을 맞으며

걸어가는 한 사람, 길게 늘어진 그림자가 있다
선인장처럼 쓰러지지 않고

앞으로 나아간다
오직 자기 자신의 그림자에만 기대어

가장자리

바닥에 붙은 너는

바위가 된다

익숙한 소리에도 감각은 사라지고 둥글게 깎여 균형을
잡고 한 손과 한 손으로 등을 둘러 감싸며 넓은 자리에서
벗어나 방 안 가장 밑 구석진 자리로 머리를 밀어 넣는다
멈추지 않는 시계의 소리가 사라지고 깊어지는 장판의 굴
곡에는 눌어붙은 향이 고여 있고 시선과 시선의 사선에서

너는 뭉툭한 돌덩이를 본다

매 순간 마주하는 벽을 지나 서늘하게 발견되는 바닥에
서 누릿한 냄새는 어디든 갈 수 있고 침묵 속에서 투명하
고 길게 남겨지는 흔적이 있다 이제는 사라지는 목소리가

있고 점점 땅에 가까워지고 등에 박제된 두 손을 본다 깊게 파고든 손가락 사이사이 뼈와 매듭지은 둥근 등에는 얼굴이 없다

너는

바위가 된다

모서리로 몸을 밀어 넣으며 길게 뻗어 가는 검은 입술, 벗겨진 눈꺼풀은 벽과 벽이 닿는 선을 따라 마침내 바닥을 채워 가고 돌이 되어 가는 심장과 한 번씩 스쳐 가는 사막의 모래 이야기 유리알이 된 목젖은 바닥에 떨어져 가루가 되고 흙이 되려고 한다 휘감기며 사라지는 매캐한 냄새를 입고 점으로 향하는 것 어둠에 번지는 점과 하나가 되는 것 무수히 번지는 빛이 얼굴을 잠식시키는 것 심해로 가는 벽에 스며드는 것

벽을 지나친다 기둥 아래 초석에 가까워지고 가까워지고 가까워질수록 너는 미래에 가까워지고 멈추지 않는 얼굴들 사이로 나타나는 더 작은 얼굴이 있다 거스르지 않고 밀어 넣어 진흙처럼 부서지지 않고 구석에 맞추고 맞추어

더욱 단단해지고

　웃음소리가 들려온다 하나둘 바위로 올라와 앉는다 온
기가 전해지고

　땅에 묻힌 너는
　바위가 된다

화면 안의 레벨업

1

언제부턴가 몸으로만 쉬는 나날들이다. 언제가 마지막으로 마음마저 쉬었는지 알 수 없지만 쉬었던 시간은 늘 존재했었고 지금도 알아채지 못한 사이에 지나가고 흘러간다. 알아차리지 못하는 시간이 많아지면서 무뎌지는 마음이 있다. 시간에 무뎌지고 계절에 무뎌지고 주변에 무뎌지고 흰머리가 많지 않았던 당신을 향한 기억이 그렇다. 안부를 묻지만, 오래전부터 별 대답이 없었던 당신의 자리를 이제 내가 차지했다. 그렇게 있다 보니 문득 나는 잘하고 있지 못하다는 생각이 들기 시작했다.

2

꿈을 꿨다. 어느 허름한 버스에서 나는 잠이 깨어 홀로 길가로 나왔다. 익숙한 거리에는 웃고 있는 사람들이 있었

6_위성들 위성들 위성들

고, 나는 그들이 얼마나 행복한지 알 수 없었다. 나의 행색은 초라했다. 벌거벗은 몸으로 이곳저곳을 향해 발 닿는 대로 움직였다. 한참을 걷다가 나는 교회 앞에 도달했다. 교회 안에는 어머니가 친구와 기도하고 있었다. 그 옆에는 그 사람이 있었다. 오랫동안 보지 못한 사람이었다. 집으로 돌아오는 버스에서 나는 그 사람의 무릎 위에 누워 잠이 들었다. 눈을 뜨니 천장이 보였다. 벽지에 선명하게 보이는 무늬는 나의 옛집이었다. 어린 시절을 보낸, 이제는 추억이 되어 사라져 버린 오디오와 작은 스티커가 붙은 피아노가 있었다. 침대에 앉아 문을 바라보니 창문에는 익숙한 풍경이 있었다. 거실로 걸어 나왔다. 동생과 함께 교회에 있던 모든 이들이 대화를 나누고 있었다. 그들에게 다가가자 요란한 대화 소리가 들렸다. 그들은 누군지 모를 아가씨의 이름을 말하며, 나에게 결혼을 권유했다. 결혼생각이 없는 나는 그 사람과 동생을 데리고 집 밖으로 나섰다. 나는 그 사람에게 이야기했다. 저는 좋은 사람들과 만나면서 행복하게 지내고 있어요. 그 사람은 자리에 멈춰서서 울기 시작했다. 그녀의 얼굴은 일그러지고 하염없이 눈물이 흘러내렸다. 나는 그녀에게 어떤 남자의 소식을 전했다. 누군지 모를 그녀의 옛 연인의 이야기를 전하자 그녀의 울음이 잦아들었다. 이내 그녀가 입을 열었다. 어떠

한 말을 하고 있는지 잘 들리지 않았다. 단지, 오래되고 오래되어 아쉬운 감정이 전해졌다. 그녀는 발길을 돌려 자신의 길로 향했다. 나의 핸드폰에는 누구의 연락처도 없었지만, 다음에 연락하겠다는 말을 남기고 돌아섰다. 눈이 떠졌다. 일찍 잠이 들었던 어느 하루였고 새벽이 채 오기 전 하얀 페인트칠이 되어 있는 천장이 보였다. 침대는 무거웠고 밖은 아직 어두웠다. 고양이의 소리가 고로롱 잔잔히 전염되는 작은 방에 나는 누워 있었다. 혼자 잠시 더 누워 있었다.

3

핸드폰을 손에 쥐고 있는 시간이 점점 길어진다. 가장 최소화된 신체적 움직임을 갖는 편안한 시간에도 쉬지 않고 움직이는 눈과 손은 가끔 학대받고 있는 게 아닌지 생각하게 된다. 코로나 이후 대거 풀렸던 자금으로 전 세계적 인플레이션이 발생했고, 과장되었던 주식 시장은 급속도로 위축되기 시작했다. 시중의 자금은 메말라 갔으며 높은 금리는 필요 이유를 이해하지 못하는 사람들에게는 더욱 큰 재앙으로 다가온다. IMF 때보다 심한 금융위기가 찾아오는 현실을 인지하지 못했기 때문일까. 소비가 줄지 않는다. 화면에는 고급스러운 음식과 여행지 배경이 넘쳐나고 어느 때보다 가격이 오른 명품은 더 자주 보인다. 화려한 꿈에 더욱 깊이 빠트리는 인스타는 바로 옆에 있는 우리를 잊게 만든다. 묵묵히 지내려는 노력을 비웃는 듯한 광고에 노출된 우리 시각은 감사함보다 욕망을 갖게 된다. 나를 발견하기 위해 끝없이 탐험하게 되는 온라인 세상과 나로서 살아갈 수 있는 오프라인의 세상의 간격은 한 뼘 정도 된다. 누워서 바라보는 잠들지 않는 화면 속에서는 우리가 믿고자 하는 존재가 살아가고 있다.

4

시간이 멈춘 파리의 거리. 광기 어린 영혼들이 조각한 곳곳의 건물. 오래된 풍경 속 익숙한 모습. 대규모 파업 및 시위 중인 대중교통 노조. 멈추지 않는 식당을 향한 발걸음. 세일 중인 백화점. 명품 가게에 줄 서 있는 중국인과 한국인. 길거리 구석구석 피어 있는 담배 연기. 밤이 되면 다시 비추는 에펠 타워. 멈춘 적 없는 센 강. 산책하는 사람들. 기념품을 파는 세네갈 이민자. 몽마르트르의 집시. 이어폰 꽂은 단체 관광객. 택시에서 흘러나오는 세련된 콩고 음악. 다리 위에서 키스하는 연인. 유모차의 두 아이. 대관람차와 바게트. 루브르 박물관의 끝없는 대기 줄. 사모트라케의 니케 그리고 잘려진 머리와 팔. 아직 날갯짓하는 날개들. 아직도 눈썹이 없는 가짜일지 모르는 모나리자. 십자가에서 내려온 Courajod Christ. 눈을 감은 사람. 기도하는 사람. 구걸하는 사람. 끝없는 욕망의 물결. 멈춰 있는 건물. 흐르는 발걸음. 움직인 적 없는 길. 지켜보던 하늘. 올려다보던 땅. 마주하던 공기. 멈춘 것. 흐르는 것. 넘나드는 것. 파리의 거리. 거리를 바라보는 창문. 달이 뜬 가로등. 시간이 지난 나. 달라지는 그림자.

5

'우리'는 화면 안에서도 생겨나고 밖에서도 생겨난다. 화면과 현실의 장면과 장면에는 다른 모습을 하고 있는 우리가 있다. 화면은 기억의 한 장면으로 찾아오기도 꿈속에서 발견되기도 하고 매일 손에 들고 생활하기도 한다. 화면 없이 살아갈 수 없다는 생각이 들 때 나는 주변의 사람들을 발견했다. 조금은 다른 얼굴로 조금은 다른 얼굴과 배경으로 지금을 함께해 주는 이들에게 내가 할 수 있는 일은 소중한 장면을 기억하는 일이다. 눈앞에 펼쳐진 여러 종류의 장면은 여러 이름으로 살아가는 나의 잔상을 평행 우주에 나열한다. 예쁘고 정돈된 삶의 그들은 나를 다정하게 매듭지어 준다. 화면 속 그들은 멋스럽지 않지만 내가 만나는 장면마다 번져 나오는 깊은 감정이 있다. 지나가는

6_위성들 위성들 위성들

말에 담겨 있는 마음은 늘 가까이에 있고 미소를 머금은 장면이 머문다. 추억이 되고 있는 소중한 오늘이 있고, 나에게만 발견되는 한 장면이 있다.

임지훈 문학평론가

아름다움 가운데 단 하나

그런 사람이 있다. 같은 시간 속에서도 다른 디테일을 기억해 주는 사람. 나무 테이블에 함께 앉아 식사를 하고 나서도 테이블에 새겨진 나무 무늬를 그려 주는 사람, 한낮의 오후를 함께 보내고 나서도 문득 들려온 나무의 소리를 들려주는 사람, 함께 가로수 길을 걸을 때에 가로수와 가로수 사이로 숨죽인 채 일렁거리던 가로수의 그림자를 말해 주는 사람. 함께 바라본 가을 노을에 대해 말할 때 사그라지던 여름의 흔적에 대해 기억해 주는 사람. 그런 사람과 대화를 나눌 때면 우리가 같은 시공간에 있었음에도 불구하고 전혀 다른 풍경 속에 있었구나 하는 생각이 들곤 한다.

물론 그는 그렇게 대답할 것이다. 나의 눈에 비친 세계가 너의 눈에 비친 세계와 그리 다르지는 않을 거라고. "모든 것들이 여전히" "제자리에 있"고(「상영」), "익숙한 노랫말"이 겹겹이 쌓여 흐르는(「붉은 잔」), "가로수와 가로수 사이" 숨죽인 나무 그림자가 조용하게 타오르는 그런 곳이라고. 분명 그건 우리에게도 익숙한 세계이지만, 우리가 함께 경험한 세계이지만, 그건 왠지 같은 시공간이라고 말하기 조금 어려울 것만 같다. 아주 조금의 관점의 차이만으로도 세계는 전혀 다른 감정으로 채색되곤 하는 법이니까.

우리가 이윤우의 시를 읽으며 문득 아름답다는 느낌을 경험하거나, 혹은 아름다움에 대해 생각하게 되었다면, 그건 이런 까닭이 아닐까 싶다. 아주 작은 디테일에 대해 말하는 것만으로도, 세계는 전혀 다른 빛으로 채색된다. 보편적인, 그리하여 익숙하고 낯익은 풍경들도 아주 작은 디테일에 대해 말하는 것만으로도 우리는 충분한 슬픔과 그리움을 맛보게 된다. 요리에 비유하자면 아주 약간의 숨은 맛 같은 것. 그것만으로도 우리가 본 풍경은 충분히 기억에 남을 만한 한 시절로 변화한다.

그렇기에 나는 이윤우의 시가 아름다움을 보여 주는 시가 아니라, 아름답다는 경험이란 대체 무엇일까에 대해 묻는 시 같다는 생각을 하곤 한다. 우리가 아주 흔하게 마주하는 풍경조차도 약간의 초점을 달리하는 것만으로 이토록 다른 빛깔로 반짝이게 되는 것이라면, 우리가 느끼는 기분들은 대체 무엇인 걸까. 어쩌면 그건 "버리지 못한 새의 깃털" 같은 것이어서, 아주 작은 디테일에 대해 누군가 속삭여 주는 것만으로도 "언젠가 날아오를 것 같"은 모습으로 변화하는 것일까. 그렇다면 당신은, 정지한 세계에 색을 불어넣는 사람인 것은 아닐까.

사랑을 간직한 당신에게

정보영

사랑의 행성을 여행하면서 사랑의 모양을 그려 보았나요? 당신의 마음에 사랑을 간직하게 되었나요? 이 편지는 사랑의 여정을 마친 당신에게 보내는 기쁨의 편지예요. 물론 당신을 못 만날지도 모르죠. 그래도 이 편지는 사랑을 느낀 당신을 만난다는 전제하에 쓰고 있는 글이니, 먼저 고맙다는 말부터 할게요.

무엇이 고맙냐고요?

저는 다른 건 몰라도 이거 하나만큼은 잘 알아요. 당신을 만나게 된다는 것이 얼마나 어려운지를요. 누군가와 조우하는 것은, 더구나 감정을 나눈다는 것은 겨울 유리창에 낀 성에만큼이나 차갑고 흐릿해요. 밖이 하나도 안 보이는데, 이때 확실한 건 안 보인다는 사실만 확실하죠. 창에 손을 대면 시리고, 손을 떼면 모자이크되어 뭉개지는 풍경. 뿌연 풍경은 다시 사라지죠. 타인은 늘 어렵습니다. 그러니까 이렇게 사랑을 경유한 마지막 페이지에서 당신을 마주하게 된 건 대단한 일이 아닐 수 없죠. 고마워요.

주말에 집에 혼자 있을 때 당신은 뭐 하시나요? 저는 뭐 하는 거 없이 빈둥거려요. 혼자 밥을 시켜 먹고, 캔 맥주 마시면서 영화도 보고, 누워서 유튜브를 보면서 깔깔거리고, 정말 가끔 책도 읽어요. 당신도 왠지 비슷할 것 같은데요. 혼자가 좋을 때가 있죠. 근데 또 그러다가도 이따금씩 밑도 끝도 없이 센티해지는 때도 있지 않나요?

고독이란 단어에서 '외로울 고孤'는 덩굴줄기에 매달려 있는 오이처럼, 사람이 그렇게 덩그러니 매달려 있는 모습을 형상화한 거래요. 생각해 봐요. 홀로 줄기에 매달린 오이는 언젠가는 썩겠죠…… 죽겠죠…… 다시 생각해 봐요. 혼자 죽는다는 것. 그것만큼은 다른 무엇보다도 감당하기 어렵죠. 나의 최후만큼은, 단 한 명이라도 좋으니 그 누군가에게 환송받고 싶죠. 우리는 죽으면 그만이라고 하면서도 '잘' 죽고 싶어 하죠.

홀로 고독을 만끽하다가도 갑자기, 이러다 쭉 혼자이게 될까 봐 불안해지는 순간, 외로움이 찾아오는 것 같아요. 그래서 오이에도 꽃이 피는 게 아닐까요. 날 좀 봐 달라고 말이에요. 그래서 그런지, 외로움이 춥게 느껴지는 것도 이 때문인가 봐요. 사랑을 해야 따뜻해질 테니까요. 은연중 사랑하라고 부추기는 건지도 몰라요.

만약, 우주복을 입고 우주에서 평생 산다면? 그런데 두 사람이 사랑하게 되면 어떻게 해야 할까요? 아마도 어떤 이는 타인과 함께하기 위해 언젠가 둔중한 우주복을 벗어 던질 수도 있을 것 같아요. 사랑이란 그런 것 같아요. 우주라는 냉혹한 공간에서 누군가를 만나게 되는 것. 우주복을 벗는 순간 죽어 버릴 텐데, 그럼에도 우주복을 기꺼이 벗을 수 있게 되는 것. 숨 막히는 진공 상태의 감정.

역시 사랑은 쉽지 않은 것 같아요. 그러나 의미 있는 것들은 조금씩 다 어려운 법이고, 그 어려움을 넘어섰을 때 호시절이라는 게 남는 게 아닐까요. 미래의 당신이 지금을 돌아보았을 때, 지금까지의 모든 순간이 참 사랑스러웠다고 느낄 수 있기를 바라요.

이제 지구에 잘 도착하셨죠?

언젠가 다시 만나요.

안녕.

사랑을 찾아가는 히치하이커

신철규

　우리는 이 지구에, 이 지구의 사랑에 불시착한 우주 비행사인지도 모른다. 아직 이곳의 기후와 지리를 처음 접하는, 이곳의 낯선 존재들을 처음 맞닥뜨리게 된, 그래서 보호구도 벗지 못하고 힘겹게 숨을 쉬면서 경계를 늦추지 못하고 두리번거리고 있을지도 모른다. 동그랗고 고요한 지구에서, 가만히 멈춰 있는 것 같지만 무시무시한 사랑의 속도를 느낄 때가 있다. 세계를 향해, 타인을 향해 달려가는 우리들, 그리고 사랑의 중력으로 돌고 있는 위성들. 사랑은 지금이 아니라 미래에 있다. 미래의 사랑. 닿을 듯 닿지 않는, 잡힐 듯 잡히지 않는 사랑. 그 사랑의 거리만큼 우리를 지치게 하고 조바심 나게 하는 것도 없다. 어떤 사랑은 지구의 안쪽으로, 지구의 중력장 안으로 들어오지 못하고 지구 바깥에서 떠돌고 있을지도 모른다. "우리의 사랑은 저 멀리/모르는 길을 떠다닌다"(이가인).

사랑 안에는 끊임없는 단절의 순간이 있다. 모든 것이 정지되는 시간, 모든 것이 텅 비어 버리는 진공의 공간, 그래서 '지구 바깥'에 있는 것처럼 느껴지는 순간이 있다. 사랑하기와 사랑 안 하기를 포함하는 것이 사랑이기 때문이다. 아슬아슬한 긴장과 불안, 기쁨과 환희, 우울과 절망. 이것이 없으면 그 사랑은 죽은 것이나 다름없다. 고여 있다가 흐르고, 피어나면서 지그시 누르고, 떠오르다가 가라앉고, 솟구치다가 쏟아지고, 머금다가 뿜어내고, 젖었다가 마르고, 늘어났다가 줄어들고, 사라졌다가 나타나고, 모였다가 흩어지는 사랑. "감실거리는 햇빛과 선명한 그늘과 눈 감아도 쨍한 여름"(정보영) 같은 사랑이 있고, "기분은 너무 길고/그림은 영영 멈춰 버"(문혜연)린, 그래서 밍밍한 물맛처럼 사라지는 기분을 느끼게 하는 사랑도 있다. 누군가를 떠올리면 침이 고이는 것, 눈 감을수록 더욱 선명해지는 것, 코끝이 간질거리는 것처럼, 입 안에서 톡톡 터지는 슈팅스타 같은 것. 그것은 이 감정과 저 감정을 오가는 진자 같은 것일까, 밀었다가 당기는 춤 같은 것일까.

하지만 "아무것도 알 수 없어서 모르는 것을 쓰"(문혜연)는 것처럼 우리는 모르는 것이 많아서(많아져서) 사랑을 하고 싶은 것인지도 모른다. "내 안에서 새로이 태어나는 낯설지만 친숙한 존재를 맞이하게 되는 순간들"(이가인)이 사랑 안에는 있다. 말도 안 되는 것 때문에 죽었던 사랑의 감정이 되살아나기도 하고 그 끝엔 '희미한 슬픔' 같은 것이 차오르기도 한다(차성환). "등을 맞대고 노려보며 지키는 자리"의 사이에는 "향으로 가득한 여백이 있다"(이윤우). 빛 아래 서면 그림자를 드리우지 않는 형체가 없듯 타인의 빛에 쏘이면 사랑이 길게 비어져 나오는 것이 사람 아닐까. 사랑은 서로의 결여를 갈구하는 것이기도 하지만, 그 간극을 넘어 가볍게 또는 진지하게 결여를 견디는 것이기도 하기에, 우리는 때로 귤이 탱자가 되는 변전(이은규)처럼 '무해한' 사랑의 지속가능한 발전을 꿈꾼다.

여기, 사랑을 찾아가는 히치하이커들이 있다. 이 사랑을 끝까지 걸어가 보는, 이 사랑에 전부를 거는.